珍藏本·增订本

纪念版

汉译世界学术名著丛书

荷尔德林诗的阐释

〔德〕海德格尔 著

孙周兴 译

SINCE 1897

商务印书馆

The Commercial Press

Martin Heidegger
ERLÄUTERUNGEN ZU HÖLDERLINS DICHTUNG
Gesamtausgabe Band 4
Herausgegeben von Friedrich-Wilhelm von Hermann
1. Auflage 1944
2. Vermehrte Auflage 1951
3. Auflage 1963
4. erweiterte Auflage 1971
5. durch gesehene Auflage 1981
6. erweiterte Auflage 1996

本书根据德国维多里奥·克劳斯特曼出版社 1981 年全集版第 4 卷译出

汉译世界学术名著丛书
（120 年纪念版·珍藏本）
增订本出版说明

2017 年 10 月，为纪念商务印书馆创立 120 周年，本馆推出“汉译世界学术名著丛书”（120 年纪念版·珍藏本），计七百种。近五六年来，仰赖学界同人倾力支持，订正旧译，增补新译，拓展新著，积累日多。为满足读者需要，本馆在七百种的基础上，继续推出“汉译世界学术名著丛书”（120 年纪念版·珍藏本·增订本）三百种。至此，“汉译世界学术名著丛书”累计出版已达千种。

今后，本馆将继续推进丛书的翻译出版工作，在积累单本名著的基础上陆续分辑刊行，汇印出版。为促进中外文明互鉴、推动我国学术发展，使“汉译世界学术名著丛书”这项对我国学术文化有基本建设意义的重大工程发挥更大作用，诚望海内外学术界、翻译界继续给予支持，帮助我们把这套丛书出得更好。

商务印书馆编辑部

2024 年 2 月

汉译世界学术名著丛书
（120 年纪念版·珍藏本）
出版说明

2017 年 2 月 11 日，商务印书馆迎来 120 岁的生日。120 年前，商务印书馆前贤怀揣文化救国的理想，抱持“昌明教育，开启民智”的使命，立足本土，放眼寰宇，以出版为津梁，沟通中西，为中国、为世界提供最富智慧的思想文化成果。无论世事白云苍狗，潮流左右激荡，甚至战火硝烟弥漫，始终践行学术报国之志，无改初心。

逐译世界各国学术名著，即其一端。早在 20 世纪初年便出版《原富》《天演论》等影响至今的代表性著作，1950 年代后更致力于外国哲学和社会科学经典的译介，及至 1980 年代，辑为“汉译世界学术名著丛书”，汇涓为流，蔚为大观。丛书自 1981 年开始出版，历时三十余年，迄今已推出七百种，是我国现代出版史上规模最大、最为重要的学术翻译工程。

丛书所选之书，立场观点不囿于一派，学科领域不限于一门，皆为文明开启以来，各时代、各国家、各民族的思想与文化精粹，代表着人类已经到达过的精神境界。丛书系统译介世界学术经典，引领时代思想，为本土原创学术的发展提供丰富的文化滋养，为推动中国现代学术和现代化进程做出了突出的贡献。

为纪念商务印书馆成立120周年，我们整体推出“汉译世界学术名著丛书”120年纪念版的珍藏本，寄望既利于文化积累，又便于研读查考，同时向长期支持丛书出版的译者、编者和读者致以敬意。

两甲子后的今天，商务印书馆又站在了一个新的历史时间节点上。我们不仅要铭记先辈的身影和足迹，更须让我们的步伐充满新的时代精神。这是商务人代代相传的事业，更是与国家和民族的命运始终紧密相连的事业。我们责无旁贷，必须做好我们这代人的传承与创造，让我们的努力和成果不仅凝聚成民族文化的记忆，还能成为后来人可以接续的事业。唯此，才能不负前贤，无愧来者。

商务印书馆编辑部

2017年10月

目　　录

增订第四版前言

本书的一系列阐释无意于成为文学史研究论文和美学论文。这些阐释乃出自一种思的必然性。

7 # 第二版前言

关于荷尔德林几首诗歌的阐释文章已经分别发表过，这里原封不动地汇集成册。

这些阐释乃是一种思(Denken)与一种诗(Dichten)的对话；这种诗的历史唯一性是绝不能在文学史上得到证明的，而通过运思的对话却能进入这种唯一性。

关于阐释，我在早些时候做的一个评论中有如下说法：

荷尔德林的诗歌究竟是什么，我们迄今仍全然无知，尽管我们知道“哀歌”和“颂歌”之类名称。这些诗歌就像一个失去神庙的圣龛，里面保藏着诗意创作物。在“无诗意的语言”的喧嚷声中，这些诗歌就像一口钟，悬于旷野之中，已然为一场轻飘的降雪所覆盖而走了调。也许正因此，荷尔德林在后期诗作中曾道出一句诗，这句诗听起来就像散文，但其诗意却绝无仅有(《哥伦布》草稿，第四卷，第395页)：

这并非稀罕之事
犹如那晚餐时分
鸣响的钟
为落雪覆盖而走了调

也许任何对这些诗歌的阐释都脱不了是一场钟上的降雪。无 8
论是能做一种阐释还是不能做这种阐释，对这种阐释来说始终有这样的情形：为了让诗歌中纯粹的诗意创作物稍为明晰地透露出来，阐释性的谈论势必总是支离破碎的。为诗意创作物的缘故，对诗歌的阐释必然力求使自身成为多余的。任何解释最后的但也最艰难的一个步骤乃在于：随着它的阐释而在诗歌的纯粹显露面前销声匿迹。这首置身于本己法则中的诗歌自身就直接把一道光线带入其他诗歌中。因此，在反复诵读中，我们以为我们大约总是已经如此这般领悟了诗歌。我们最好就这样认为罢。

9 # 《返乡——致亲人》

一

在阿尔卑斯山上，夜色微明，云
创作着喜悦，遮盖着空荡的山谷。
喜滋滋的山风呼啸奔腾，
一道光线蓦然闪过冷杉林。
那快乐地颤动的混沌在缓缓地逼近和奋争，
它羽毛未丰却有强力，颂扬着山岩下友爱的争执，
在永恒的范限内酝酿，步履蹒跚，
因为清晨更狂放地在山里降临。
因为在那里年岁更无尽头地生长，那些神圣的
时辰，那些日子，受到更大胆的排列、混合。
而海燕依然觉察时光，在群山之间，
在高空中盘旋，召唤着白昼。
此刻，深山中的小村也开始苏醒，
信赖高空，毫无畏惧，从山巅仰望。
预感着生长，因为古老的泉水已闪电般倾泻，

山地在急流下雾气腾腾，
回声震荡不息，那不可测的工场
日夜挥舞着巨臂，不断送发礼品。

二

这时，银色的高峰安静地闪烁，
玫瑰花上早已落满炫目的白雪。
而往更高处，在光明之上，居住着那纯洁的
福乐的神，为神圣光芒的游戏而快乐。
他静静地独居，容光明灿，
这天穹之物仿佛乐于恩赐生命，
创造欢乐，与我们一道，常常精通尺度，
体察生灵，踌躇又关怀，神
把完好纯正的幸福赋予城市和家园，
以绵绵柔雨开启田地旷野，送来笼罩的云朵，
还有你们，最亲爱的风；还有你们，温柔的春天，
又用舒缓的手使悲哀者重获快乐，
当他更新季节，这位造物主，
焕发又激动着垂暮之人的寂静心灵，
深入那幽深之处，开启和照亮心灵，
如他所爱，现在又有一种生命重新开始，
明媚鲜艳，一如往常，当代神灵到来，
而喜悦的勇气重又鼓翼展翅。

三

我曾向他倾诉许多，因为，无论作诗者沉思
或者歌唱什么，多半针对天使和他；
我挚爱祖国，我曾祈祷许多，为的是
神灵不会未经祈求就突然侵袭我们；
我也为你们祈祷，在祖国忧心忡忡的人们，
那神圣的谢恩微笑着把流亡者带到你们面前，
乡亲们！是为了你们，那时，湖水把我摇晃，
而舵手静坐船头，赞美航行。
在宽阔湖面上，风帆下涌起喜悦的波浪，
此刻城市在黎明中绽放鲜艳，渐趋明朗，
从苍茫的阿尔卑斯山安然驶来，船已在港湾停泊。
岸上暖意融融，空旷山谷为条条小路所照亮，
多么亲切，多么美丽，一片嫩绿，向我闪烁不停。
园林相接，园中蓓蕾初放，
鸟儿的婉转歌唱把流浪者邀请。
一切都显得亲切熟悉，连那匆忙而过的问候
也仿佛友人的问候，每一张面孔都显露亲近。

四

不错！这就是出生之地，就是故乡的土地，

你梦寐以求的近在咫尺，已经与你照面。
而并非徒劳地，一位漫游者就像儿子一般，
伫立在波涛汹涌的门旁，望着你，用歌唱
为你寻求可爱的名字，福乐的林道！[1]
这是家乡一道好客的门户，
它诱人深入到那充满希望的远方，
那儿有奇迹，那儿有神性的野蛮，
莱茵河奔流而下，直汇平川，又夺路而去，
欢腾的山谷逶迤于嶙峋山崖之间，
从那里深入，穿越亮丽的山峦向科摩漫游，[2]
或直贯而下，宛若白昼转换，汇入坦荡的湖水；[3]
而你更令我心醉神迷，神圣的门户！
回故乡，回到我熟悉的鲜花盛开的道路上，
到那里寻访故土和内卡河畔美丽的山谷，[4]
还有森林，那圣洁树林的翠绿，在那里 11
橡树往往与宁静的白桦和山榉结伴，
群山之间，有一个地方友好地把我吸引。

五

他们在那里把我迎候。呵，小城的声音，母亲的声音！

---

① 林道（Lindau）：博登湖畔一座古城，今德国南部巴伐利亚州境内。——译注
② 科摩（Komo）：地名，位于意大利境内。——译注
③ 指博登湖（Bodensee）。——译注
④ 内卡河（Neckar）：莱茵河支流。——译注

你把我触动,激发了我早已学会的东西!
他们却依然如故!太阳和欢乐依然把你们照耀,
呵,最亲爱的人们!你们的目光似乎比往常更鲜亮。
是的!故乡风情如故!欣荣昌盛,
在这儿生活和相爱的一切,从未抛弃真诚。
但那最美好的,在神圣和平彩虹下的发现物,
却已经对少年们和老人们隐匿起来。
我在讲蠢话。这就是欢乐。而在明天和将来
当我们到野外观望生机盎然的田野,
在鲜花盛开的树下,在春天的节日里,亲爱的乡亲!
我将与你们一道谈论,一道期望其中的种种真相。
我曾从伟大的天父那里听来许多,
我对他沉默已久,他高居云端,
不断更新漂泊不定的时代,主宰着山峦群峰,
他就要恩赐我们天国的礼物,召唤
那嘹亮的歌声,派遣众多美好的神灵。呵,莫踌躇,
来吧你们,守护神!年岁天使!还有你们,

六

家园天使,来吧!融入生命的所有血脉中,
让普天同欢,分享天国的恩赐!
让灵魂高贵!愿青春焕发!为不使人类的财富
失却欢悦,为使岁月的每个时辰都洋溢欢悦,

这样的欢乐，就像现在相爱的人们重逢之际，
理所当然，也应受到神明般的颂扬。
当我们就餐时祈祷，我能呼谁的名字？
当我们忙完一天生活，你们说，我如何表达谢恩？
呼唤那高空的天神么？但神厌弃失当之举，
我们的欢乐似乎过于渺小，不能把他容纳。
我们不得不常常沉默；神圣的名字付诸阙如，
心儿在跳，言语却迟迟难发？
但有一种铮铮弦乐奏响在每时每刻，
也许使那惠降人世的天神不无欣喜。
这种乐声已经备好，于是 12
那潜入欢乐的忧心也近乎平息。
歌者的灵魂必得常常承受，这般忧心，
不论他是否乐意，而他人却忧心全无。

13 “尘世凡人所知甚微，却被赋予了许多欢乐，……”

（第四卷，第240页）

顾名思义，荷尔德林这首诗说的是返乡。就此我们想到游子到达故乡的土地，与乡亲们会面的情景。这首诗描述了一次“从苍茫的阿尔卑斯山”穿越博登湖而去林道的航行。1801年春天，作为家庭教师的荷尔德林从康斯坦茨旁边的图尔高镇，[1]经由博登湖，回到了他的故乡施瓦本。[2] 所以，《返乡》这首诗或许就是一首描写一次快乐的回乡的诗歌。可是，以“忧心”一词为基调的最后一节诗，却根本没有透露出这位无忧无虑地回到家乡的人的欢快情调。这首诗的最后一个词，是一个突兀的“全无”。而描写阿尔卑斯山脉的第一节诗，本身就是一座由诗行组成的丛山，兀自矗立。它丝毫没有显示出家乡方面的欢乐。非家乡之物的“那不可测的工场”的“回声”“震荡不息”。这样一些诗节所包含的“返乡”，大概就不仅仅是说返乡人已到达“出生之地”的河岸了。的确，甚至这种到达故乡河岸时的情形，就已经十分稀奇古怪了：

一切都显得亲切熟悉，连那匆忙而过的问候
也仿佛友人的问候，每一张面孔都显露亲近。

① 康斯坦茨（Konstanz）旁边的图尔高（Thurgau）镇：瑞士地名。——译注

② 施瓦本（Schwaben）：地名，今德国南部巴伐利亚州境内。——译注

故乡的人和物给人亲切熟悉的感觉。但其实它们还不是这样的。也就是说，它们锁闭着它们最本己的东西。因此之故，故乡向刚刚抵达的到来者说出了下面这句话：

> 你梦寐以求的近在咫尺，已经与你照面。

返乡者到达之后，却尚未抵达故乡。这就是说，故乡“难以赢获，那锁闭的故乡”(《漫游》，第四卷，第 170 页)。所以，就连到来者也还是一位寻求者。只是他梦寐以求的已经与他照面。它近在咫 14
尺。但如果“寻找”意味着把发现物占为己有，①以便在作为所有物的发现物中安居下来，那么，那梦寐以求的东西就还没有寻找到。

> 但那最美好的，在神圣和平彩虹下的发现物，
> 却已经对少年们和老人们隐匿起来。

荷尔德林后来还修改了这首诗的第二个誊清稿，把“但那最美好的，……发现物”一句改写为：“但那珍宝，……德国之魂，依然隐匿了”。诚然，故乡最本己的东西早已造就，而且已经赠送给在出生之地栖居的人们。故乡最本己的东西已然是一种天命遣送的命运，或者像我们时下所说的，就是历史。② 可是，在天命遣送中，这

① 德语动词“寻找”(finden)与名词“发现物”(Fund)有字面和意义联系。——译注

② 此句中“一种天命遣送的命运”原文为 das Geschick einer Schickung。按海德格尔理解，“历史”就是存在发生和运作意义上的“命运”，是“命运”的“遣送、发送”。德文“历史”(Geschichte)与“命运”(Geschick)有词根上的联系。——译注

个最本己的东西却依然尚未得到转让。它仍然被扣留下来了。因此，就连那一味地合乎天命遣送而持存的东西，即天命性的东西，[①]也尚未被寻找到。但这时已经被赠送出来，而同时又拒不给出的东西，被称为“隐匿起来的东西”。发现物就是作为这种隐匿起来的东西而出现的，但依然是梦寐以求的东西。为什么呢？因为他们，“在祖国忧心忡忡的人们”，尚未作好准备，去把故乡最本己的东西，即“德国之魂”，占为己有。于是，返乡的要义根本上就在于：乡亲们将首先熟悉故乡的依然被扣留起来的本质；其实还更在于：“亲人们”首先要在家学会这种熟悉。为此就必须预先认识故乡最本己的东西和最美好的东西。但是，如若我们有了一位寻求者，而且所寻求的故乡之本质已经向他洞开门牖，那么，我们又应当如何寻找这种东西呢？

你梦寐以求的近在咫尺，已经与你照面。

在到达故土的门户之际，故乡的友好坦率，故乡的纯净明朗，故乡熠熠生辉的光芒，就在一种独一无二的友好显露中与人照面。

故土的门户
它诱人深入到那充满希望的远方，
……

① 这里“天命性的东西”原文为 das Schickliche，按本义应译为“适宜的东西”“得体的东西”。但海德格尔在此强调此词与“天命”(Geschick)“天命遣送”(Schickung)的字面联系。——译注

而你更令我心醉神迷(对诗人来说就是这门户)
回故乡,回到我熟悉的鲜花盛开的道路上,
到那里寻访故土和内卡河畔美丽的山谷,
还有森林,那圣洁树林的翠绿,在那里
橡树往往与宁静的白桦和山榉结伴,
群山之间,有一个地方友好地把我吸引。

我们应当如何来命名这种宁静的显露呢?——在这种显露中,故乡的一切人和物都来问候这位寻求者。对于已经照面的故乡的盛情邀请,我们必须用一个昭示着《返乡》这整首诗的词语来命名,这个词语就是“喜悦”。在第二节诗中,充满了有关“喜悦”(das Freudige)和“欢乐”(Freude)的谈论。最后一节诗也差不多如此。在其他几节中,这两个词语较少出现。唯在直接言说“喜悦”景象的第四节中没有这个词。而在这首诗的开头,诗人就立即道出了与创作相关联的“喜悦”:

在阿尔卑斯山上,夜色微明,云
创作着喜悦,遮盖着空荡的山谷。

喜悦乃是诗人的诗意创作物。喜悦出于欢乐而被调校入欢乐之中。它因此就是获得欢乐者,也就是自得其乐者。这个自得其乐者本身又能使他物欢乐。所以,喜悦同时也是令人欢乐者。“在阿尔卑斯山上”,云迎向“银色的高峰”,盘桓在苍天上空。它向天空的灿烂光华展露自身,同时又“遮盖着空荡的山谷”。云由敞开的光华而显露自己的样子。云诗意地创作。[①] 由于它观入它本身就在其中被看见的那个东西，所以，它诗意地创作的东西并非全然是设想和虚构出来的。诗意创作乃是一种发现、寻找。在这里，云无疑必须超越自己，达到那种不再是它本身的东西。诗意创作物
16 并不是通过云而形成的。诗意创作物并非来自云。它攫住了云，而成为云逗留着去迎接的那个东西。云盘桓于敞开的光华之中，而敞开的光华朗照着这种盘桓。云变得快乐而成为明朗者(das Heitere)。云所创作的，即“喜悦”，就是明朗者。我们也称之为“清明的空旷”。[②] 无论现在还是以后，我们都是在一种严格意义上来思考这个词的。“清明的空旷”在其空间性中得到了敞开、澄明、和谐。唯有明朗者，即清明的空旷，才能使它物适得其所。喜悦在朗照着的明朗者中有其本质。明朗者本身又首先在令人欢乐的东西中显示自身。由于朗照(Aufheiterung)使万物澄明，明朗者就允诺给每一事物以本质空间，使每一事物按其本性归属于这个本质空间，以便它在那里，在明朗者的光芒中，犹如一道宁静的光，满足于本己的本质。令人欢乐者迎面照耀着返乡的诗人，

橡树往往与宁静的白桦和山榉结伴，
群山之间，有一个地方友好地把我吸引。

① 这里的“诗意地创作”是德文动词 dichten 的翻译，此词(及其名词形式 das Dichten)也可译为“作诗”“创作”等。——译注

② “清明的空旷”原文为 das Aufgeräumte，应从动词 aufräumen(整理、清理)变化而来。有英译者把它译为 the spatially-ordered，参看海德格尔：《实存与存在》，伦敦 1956 年，第 266 页。——译注

故乡众所周知的事物以及它们的质朴关系所具有的柔和魅力就近在眼前。但还有更为临近和更为切近的,尽管它比白桦和群山更不显眼,因而也多半被忽略不顾;那就是人和物在其中才得以显现的明朗者本身。明朗者在其并不引人注目的显露中逗留。它无所要求,绝非一个对象(Gegen-stand),但也不是“一无所有”。而在最初与诗人照面的喜悦中,已然有那个朗照着的东西的问候。但向诗人致以明朗者之问候的,乃是使者,ἄγγελοι,即“天使”。因此,通过对故乡迎面而来的喜悦的欢迎,诗人就在《返乡》中召唤“家园天使”(Engel des Hausses)和“年岁天使”(Engel des Jahres)。

在这里,“家园”意指这样一个空间,它赋予人一个处所,人唯
在其中才能有“在家”之感,因而才能在其命运的本己要素中存在。17
这一空间乃由完好无损的大地所赠予。大地为民众设置了他们的历史空间。大地朗照着“家园”。如此这般朗照着的大地,乃是第一个“家园”天使。

“年岁”为我们称之为季节的时间设置空间。在季节所允诺的火热的光华与寒冷的黑暗的“混合”游戏中,万物欣荣开放又幽闭含藏。在明朗者的交替变化中,“年岁”的季节赠予人以片刻之时,那是人在“家园”的历史性居留所分得的片刻之时。“年岁”在光明的游戏中致以它的问候。这种朗照着的光明就是第一个“年岁天使”。

大地与光明,也即“家园天使”与“年岁天使”,这两者都被称为“守护神”,因为它们作为问候者使明朗者闪耀,而万物和人类的“本性”就完好地保存在明朗者之明澈中了。依然完好地保存下来的东西,在其本质中就是“家乡的”。使者们从明朗者而来致以问候，明朗者使一切都成为家乡的。允诺这种家乡要素，这乃是故乡的本质。故乡已经照面——也即在明朗者首先显现于其中的那种喜悦中照面。

然而，那已经在此照面的东西依然是被寻求的东西。但由于喜悦唯在一种诗意创作对之迎面问候的地方才照面，所以，也只有当诗意创作者[1]存在之际，才有天使，即明朗者的使者，显现出来。因此之故，在《返乡》一诗中才有这样一个诗句：

> ……因为，无论作诗者沉思
> 或者歌唱什么，多半针对天使和他；

诗意词语的歌唱“多半针对天使”，因为天使们作为明朗者的使者，乃是“自行临近”的最切近的东西；诗意道说针对天使“和他”。这里的“和”一词的意思就如同“而且首先”——而且首先是“他”。

18 这个他是谁呢？如果说诗意创作首先针对的是“他”，而诗意创作就是创作喜悦，那么这个他就居住于极乐（das Freudigste）中。但这种极乐是什么，又在何处呢？

“创作着喜悦”的云给出了暗示。云飘浮在阿尔卑斯山的群峰之间，遮盖着丛山的幽谷，而朗照着的光芒照射在幽谷阴深之处。因此，在那里，“在山岩下”，那羽毛未丰的混沌“颂扬着”“友爱的争执”，而且是“快乐地颤动着”“颂扬”的。但是，云，那是“天空的山丘”（第四卷，第 71 页），在高空中梦入喜悦。云通过创作而显示，升入明朗者之中。

---

[1] 这里“诗意创作者”（Dichtende）也可译为“作诗者”“诗人”。——译注

这时，银色的高峰安静地闪烁，
玫瑰花上早已落满炫目的白雪。
而往更高处，在光明之上，居住着那纯洁的
福乐的神，为神圣光芒的游戏而快乐。

在阿尔卑斯山脉，发生着一种愈来愈寂静的自我攀高，即高空之物向至高之物的自我攀高。山脉乃是大地最远的使者。山脉的顶峰高耸入光明之中，迎接着“年岁天使”。所以，它们是“时间之顶峰”。不过，在光明之上的更高处，明朗者首先自行澄明而为纯粹的朗照，倘若没有这种朗照，就连光明也绝不会使它的光华得到空间设置。“在光明之上”的至高之物，乃是光芒照耀的澄明(Lichtung)本身。按照我们母语的一个较为古老的词语，我们也把这个纯粹的澄明者，也即首先为每一“空间”和每一“时间”“设置”(在此即提供)敞开域的澄明者，称为“明朗者”。它是三合一，既是明澈(claritas)，又是高超(serenitas)，又是欢悦(hilaritas)；一切纯净之物都沉浸于明澈之光华中，一切高空之物都矗立于高超之威严中，一切自由之物都回荡于欢悦之运作中。明朗者把一切维持在秋毫无犯和完好无损之中，并且拥有这一切。明朗者源始地救治。明朗者就是神圣者。[1] 对诗人来说，“至高之物”与“神圣者”是同一东西，即：明朗者。作为一切喜悦的本源，它乃是“极乐”。在这种极乐中发生着纯粹的朗照。在这里，在“至高之物”(das Höchste)中，居住着“高空之物”(der Hohe)，后者就是它自 19

① 请注意德语动词“救治”“治愈”(heilen)与“神圣者”(das Heilige)的字面和意义联系。——译注

身，就是“为神圣光芒的游戏”而快乐的东西，即：这个喜悦者。如果它向来是唯一，那它就仿佛乐于“创作欢乐，与我们一道”。因为它的本质是朗照，故它“喜爱”去“开启”和“照亮”。通过明澈的明朗者，它把事物“开启”出来，使它们进入它们当前的令人欢乐者之中；通过欢悦的明朗者，它照亮人类心灵，使得人类的心情对田野、城镇、家园的真谛洞开；通过高超的明朗者，它首先让幽暗的深渊张开而得到澄明。倘若没有澄明，深渊又会是什么呢？

“喜悦者”甚至使“悲哀者”也重获快乐，尽管是“用舒缓的手”。他并非拿掉了悲哀，而是使悲哀者预感到即使悲哀也只不过源于“古老的欢乐”，由此来改变悲哀。喜悦者乃是一切快乐之“父”。他居于明朗者之中，现在就只能按照这个居所来加以命名。这个高空之物被叫作“天穹”（Äther），在希腊文中叫作 Aἰθήρ。流通的“大气”、澄亮的“光明”以及与它们一道欣欣向荣的“大地”，乃是“统一的三方”，明朗者在其中自行朗照，使得喜悦涌现出来，并且在喜悦中向人祝福。

可是，明朗者如何从其高空走向人呢？喜悦者与欢悦的朗照使者，天穹（天父）与家园天使（即大地）以及年岁天使（即光明），仅仅就本身而言是一无所能的。虽然对一切喜悦来说，这统一的三方乃是居于明朗者周围最亲爱的东西，但如果不是偶尔有某一方首先因而单独地在创作之际迎候喜悦者并且已然归属于喜悦者，那么，这三方就必定在朗照者之“本质”中，亦即在朗照之际变得几乎虚弱不堪。因此，荷尔德林在哀歌《漫游者》中——其标题即已表明它与后来的哀歌《返乡》的联系——道出了这一点（第四卷，第105—106页）：

于是我寂然一人。而你,高居云霄的
祖国之父!强大的天穹!还有你,
大地和光明!你们统一的三方,主宰又热爱,
永恒的诸神!我与你们的纽带永不断裂。
我从你们那里出发,也与你们一道漫游,
经历渐丰,我把喜悦的你们带回故国。

在这里,在《漫游》[1]中,大地与光明,家园天使与年岁天使,被叫作“诸神”(Götter)。甚至在《返乡》这首哀歌最初的誊清稿中,荷尔德林也还是说:“年岁诸神”与“家园诸神”。同样地,在《返乡》最后一节的最初誊清稿中(第94行),说的也还是“失却诸神”,而不是“失却欢悦”。莫非在后来的文本中,诸神已被贬降为天使了么?或者,天使也上升到与诸神并列的地位上了么?不——相反地,现在通过“天使”这个名称,通常如此这般所谓的“诸神”的本质,是更为纯粹地被道说出来了。因为,诸神乃是朗照者,它们在朗照过程中宣告朗照者送来的祝福。朗照者才是祝福的本质根据,即天使般的东西的本质根据,而诸神最本己的东西就在这其中。由于诗人鲜用“诸神”这个词语,并且更为犹豫不决地言说这个名称,我们就更能明了诸神的本己要素:诸神乃是祝福者,其中有朗照者在祝福。

返乡的漫游者已经对诸神(即喜悦者)的本质有了更丰富的体验。

① 此处疑为作者的笔误或印刷者的误植,根据上下文应为《漫游者》。——译注

你梦寐以求的近在咫尺，已经与你照面。

诗人更清晰地见到朗照者。他现在洞见到在故乡景象中照面的喜悦，把它看作仅仅由于极乐才自行朗照的，并且唯从极乐而来才临近的东西。但是，如果“无论作诗者沉思或者歌唱什么”，首先都针对“他”，即针对高空的天穹（天父），那么，孜孜以求极乐的诗人就必定不能逗留于喜悦者的居所，也就是说，必定不能逗留于《莱茵颂》第一节所描绘的那个位置上（第四卷，第 172 页）：

……沿阿尔卑斯山拾级而下，
在我心中那是神造之山，
21 按古老的说法，叫众天神的城堡，
而在那里，有的已经断然地
秘密地来到了人间；……？——？

但现在，看来显然是“返乡”引导诗人远离“阿尔卑斯山”，穿越湖水而抵达出生地的湖岸。“在阿尔卑斯山下”的逗留，对极乐的接近，通过返乡完全被舍弃了。而更为稀奇的是，在那把诗人引离阿尔卑斯山的水波上，在把诗人运走的航船的船翼下，竟然出现了喜悦：

在宽阔湖面上，风帆下涌起喜悦的波浪……

为着那种向“众天神的城堡”的告别，喜悦开放出来。如果我们从地理学或交通技术的角度，或者是从乡土课程的角度来设想博登湖(它也被叫作“施瓦本湖”)，那么，我们所指的这个湖，就是位于阿尔卑斯山与多瑙河上游之间的水面，富有活力的莱茵河也从其间穿流而过。这样，我们还是在毫无诗意地思考这个湖。这种情况还要持续多久呢？我们总是认为，那里首先有一个自在的自然和一片自为的风光，然后借助于“诗意的体验”才有了扑朔迷离的神话色彩——我们还想把这种看法维持多久呢？我们总是封闭自己，不去把存在者经验为存在着的——这种情况还要延续多久呢？德国人还要多久才会想到去领悟那个诗句，即荷尔德林在《帕特莫斯》这首颂歌的第一节中(第四卷，第 199 页和第 227 页)所唱的那个诗句呢？

神近在咫尺又难以把握。
但哪里有危险，
哪里也生拯救。
苍鹰居于幽冥，
毫无畏惧地
阿尔卑斯山之子
从摇摇欲坠的小桥穿越深渊。
因为那四周堆起 22
时间之顶峰，
那些至爱者厌倦了
鸿沟相隔的山峦，
开始近邻而居，

于是，圣洁的水波呵，
请赐予我们双翼，
让我们以最忠诚的情感
穿行其中，返回故园。

诗人必须“穿行”到阿尔卑斯山，但却“以最忠诚的情感”，可以说，出于对故乡的忠诚，诗人要返回故乡，在那里，按《返乡》一诗的话来讲，诗人梦寐以求的“近在咫尺”。那么，我们就可以说，对极乐的切近，而且其实就是对一切喜悦的本源的切近，并不在那“阿尔卑斯山下”。那么，这种对本源的切近就有着某种神秘的情况。那么，那远离阿尔卑斯山的施瓦本故乡恰恰就是切近本源的地方了。是的，的确如此。颂歌《漫游》的第一节道出了这一点。1802年，荷尔德林把这首颂歌与哀歌《返乡》放在一起，发表在《花神》杂志袖珍本上。这首神秘莫测的颂歌一开始就命名了故乡。诗人有意给故乡以“苏维恩”①这样一个古老的名称。他以此来命名故乡的本质，故乡最古老的、最本己的、依然隐而不显的、但原初地已经最有准备的本质(第四卷，第167页)。

《漫游》这首颂歌开头如下：

福乐的苏维恩，我的母亲，
你犹如那边更辉煌的

① 苏维恩(Suevien)：今德国施瓦本。——译注

姐妹伦巴第,[①]
成百条小溪汇入你的怀抱!
还有充足的树林,白里映红,
更幽暗的野生林,缀满墨绿的树叶,
连瑞士阿尔卑斯山也遮掩着
毗邻的你;因为
你邻近家园炉灶而居,倾听着
泉水怎样从银色的圣器里
潺潺流出,由那纯洁的手
倾倒出来,一旦

那温煦的光芒
触动晶莹的冰棱,在光的
轻柔激发下,坍塌的雪峰
以最圣洁的水涤荡大地。
因此你天生忠诚。
那邻近本源而居者,
终难离弃原位。
而且你的儿女,那些城市,
无论在烟波浩渺的湖畔,
还是在内卡河畔的草原,在莱茵河畔,
无不认为,没有比你这里

① 伦巴第(Lombarda):意大利地名。——译注

更美好的居所。

母亲苏维恩邻近“家园炉灶”[①]而居。炉灶守护着那总是潜藏起来的火光，这火光一旦燃起烈焰，就将开启出大气和光明，使之进入明朗者之中。围绕炉灶之火的是那工场，在其中锻造着那隐秘地被裁定的东西。“家园炉灶”，亦即母亲般的大地的炉灶，乃是朗照之本源，它的光辉首先倾泻在大地上。苏维恩邻近本源而居。诗人在这里两次指出了这种邻近而居（Nahe-wohnen）。故乡本身邻近而居。它是切近于源头和本源的原位。苏维恩，母亲的声音，指示着祖国的本质。在与本源的切近中，建立起那种与极乐的近邻关系。故乡最本己和最美好的东西就在于：唯一地成为这种与本源的切近——此外无它。所以，这个故乡也就天生有着对于本源的忠诚。因此之故，那不得不离开故乡的人只是难以离弃这个切近原位。但既然故乡的本己要素就在于成为切近于极乐的原位，那么，返乡又是什么呢？

返乡就是返回到本源近旁。

唯有这样的人才能返回，他先前而且也许已经长期地作为漫游
24 者承受了漫游的重负，并且已经向着本源穿行，他因此就在那里经验到他要求索的东西的本质，然后才能经历渐丰，作为求索者返回。

你梦寐以求的近在咫尺，已经与你照面。

① 此处“家园炉灶”（Heerde des Hausses）中的“炉灶”，在德文中也有“源头”“发源地”的转义。——译注

现在起支配作用的切近(Nähe)使近在咫尺的东西邻近，但同时也使之成为被求索的东西，也就是并不邻近的东西。在通常情况下，我们把切近理解为两个位置之间尽可能微小的距离的尺寸。眼下则相反，切近之本质的显现是这样一回事：它通过把近在咫尺的东西推远再把它带近。与本源的切近乃是一种神秘(Geheimnis)。

但如果返乡意味着亲熟于那种与本源的切近，那么，这种返乡难道不是必定首先而且也许长期地就在于：去知道这种切近的神秘，甚至首先去学会知道这种切近的神秘么？不过，我们绝不能通过揭露和分析去知道一种神秘，而是唯当我们把神秘当作神秘来守护，我们才能知道神秘。可是，倘若我们并不认识它(即切近之神秘)，我们又如何去守护它呢？为了这种认识，总又必须有一个首先返乡者来道说神秘：

但那最美好的，在神圣和平彩虹下的发现物，
却已经对少年们和老人们隐匿起来。

“珍宝”，故乡最本己的东西，“德国之魂”，已经被隐匿起来了。与本源的切近是一种有所隐匿的切近。这种切近抑制着极乐。它为到来者保藏和保管着极乐，但这种切近并没有把极乐消除，而是恰恰让极乐作为被保管下来的东西显现出来。在切近之本质中发生着一种隐而不显的隐匿。切近把近在咫尺的东西隐匿起来，这乃是那种邻近极乐的切近之神秘。诗人知道，如果他把发现物称为隐匿起来的发现物，那他就说出了日常理智所反对的东西。说某种东西近在咫尺是由于它远不可及，这其实违背了常规思维的

基本法则，违背了矛盾律，或者是在玩弄空洞的辞藻，或者根本就
25 是在寻思某种肆无忌惮的东西。因此之故，诗人在刚一说出关于有所隐匿的切近之神秘的话后，就不得不立即打断自己的话：

> 我在讲蠢话。

但他依然在讲。诗人非讲不可，因为

> 这就是欢乐。

是某一种不确定的关于某物的欢乐呢，抑或是那种欢乐，它之所以是欢乐，仅仅是由于一切欢乐的本质在其中得到了展开？到底什么是欢乐呢？欢乐的源始本质是对本源之切近的亲熟。因为在这种切近中，明朗者于其中显现的那个朗照过程在祝福之际临近。诗人返乡，是由于诗人进入切近而达乎本源。诗人进入这种切近之中，是由于诗人道说那达乎临近之物的切近的神秘。诗人道说这种神秘，是由于诗人诗意地创作极乐。诗意创作并不首先为诗人作成欢乐，相反地，诗意创作本身就是欢乐，就是朗照，因为在诗意创作中包含着最初的返乡。哀歌《返乡》并不是一首关于返乡的诗歌，相反地，作为它所是的诗，这首哀歌就是返乡；只消这首哀歌的话语作为钟声回响在德国人的语言中，那么，这种返乡就还将发生。诗意创作意味着：在欢乐中存在，这种欢乐把极乐之切近的神秘守护于词语中。欢乐就是诗人的**这种**欢乐，按诗人的话来说（第 100 行），就是“我们的欢乐”。诗意地创作着的欢乐

(die dichtende Freude)就是知道下面这回事情：在一切已经照面的喜悦中，都有喜悦通过自行隐匿而祝福。也即说，为了使有所隐匿的极乐之切近始终得到守护，诗意创作的词语必须为下面这回事忧心，即：在喜悦中仓促进行和失落的，并非那种从喜悦而来祝福的东西——但却作为自行隐匿者祝福的东西。于是，由于必须为那种对自行隐匿着的极乐之切近的守护而忧心，忧心便进入喜悦之中了。

因此之故，诗人的欢乐事实上乃是歌者的忧心，歌者的歌唱守护着作为隐匿者的极乐，并且使梦寐以求的东西在有所隐匿的切近中变得近在咫尺。

但是，如若忧心进入喜悦中了，则诗人必须如何来道说极乐 26
呢？在创作哀歌《返乡》和颂歌《漫游》那阵子，荷尔德林在一首“箴言诗”中写到，极乐之歌，也即隐匿者之歌，应如何来歌唱，也就是说，“德国人之歌”应如何来歌唱。这首箴言诗的标题叫《索福克勒斯》，原诗如下（第四卷，第3页）：

众人力求快乐地言说极乐，徒劳无功，
这里，在悲哀中，极乐终于向我显露。

现在我们知道，为什么这位诗人在返回故乡（那是有所隐匿的达乎本源之切近的地方）的时候，必得去翻译《索福克勒斯的悲剧》。悲哀与纯粹的忧郁有着天壤之别。悲哀就是那种为极乐而得到朗照的欢乐，只要这种极乐还自行隐匿和踌躇。倘若悲哀在其隐而不显的根基中并不是那种向着极乐的欢乐的话，那么，它无所不达的内在光芒又能从何而来呢?

不过,虽然荷尔德林在“翻译”和“评注”中与索福克勒斯之间的诗意对话属于诗意的返乡,但它并没有穷尽这种返乡。所以,荷尔德林在动手做《索福克勒斯的悲剧》的译文时写的题词,是以如下表白结束的(第五卷,第 91 页):

> 若有时间,我一向愿意歌唱我们皇侯的双亲及其驻地,以及神圣祖国之天使。

这里,“一向”这个词是表示“本来”的胆怯字眼。因为不论现在还是将来,歌唱“多半针对天使和他”。居住在神圣者之明朗中的高空之物,与无论哪一位相比,都是在有所隐匿的切近范围内最近的,而诗人的微薄欢乐已经亲熟于这种切近。然而

> 我们的欢乐似乎过于渺小,不能把他容纳。

27 “容纳”的意思就是:去命名高空之物本身。诗意地命名意味着:让高空之物本身在词语中显现出来,而不光是道出它的居所,即明朗者,神圣者,不光是首先着眼于它的居所为它取个名字。但要把它本身命名出来,甚至带有伤悲的欢乐也还是不够的,尽管这种欢乐其实就栖留于那种达乎高空之物的适宜切近中。

诚然,我们偶尔可以命名“神圣者”,并根据它的朗照道说这个词语。但这些“神圣的”话语绝不是有所命名的“名字”:

……神圣的名字付诸阙如，

这个居住在神圣者中的他本身是谁呢？要道说这一点并且在道说之际让他本身显现出来，还没有相应的命名词语。因此，诗意创作的“歌唱”由于缺乏本真的命名词语来命名他，现在依然是一首无字的歌——“一种铮铮弦乐”。虽然演奏人的“歌”处处追随着高空之物，虽然歌者的“灵魂”观入明朗者，但歌者并没有看到高空之物本身。歌者是盲目的。在《盲目的歌者》一诗中（该诗前面有索福克勒斯的一句话），荷尔德林说道（第四卷，第 58 页）：

你们，我的弦乐！我的歌，
与他同生，犹如溪流追随江河，
他向往之所，我也必须前往，
在迷途上追随这个靠山。

“一种铮铮弦乐”——这是一个最胆怯的名称，表示忧心忡忡的歌者踌躇的歌唱：

但有一种铮铮弦乐奏响在每时每刻，
也许使那惠降人世的天神不无欣喜。
这种乐声已经备好……

祝福的使者带来依然隐匿的发现物的祝福。喜悦地为祝福的使者的临近准备好适宜的切近，这一点规定着还乡诗人的天职。

神圣者固然显现出来，但神却缺席。[①] 隐匿的发现物的时代乃是
28 神缺失的年代。神之“缺失”是“神圣的名字”付诸阙如的原因。可是，由于发现物作为隐匿的发现物依然近在咫尺，故缺失的神在天神们的临近中送来祝福。所以，“神之缺失”也不是什么缺陷。因此国人也不可企图用狡计把神本身制作出来，并且因而靠强力来消除所谓的缺陷。但国人同样亦不可勉强迁就，只还乞灵于某个惯常的神。的确，通过这样的途径，我们就会耽搁神之缺失的当前性。而如若没有那种由缺失规定的、因而隐匿着的切近，则发现物就不可能以其如何临近的方式临近。因此，对诗人的忧心来说，要紧的只有一点：对无神状态这个表面现象毫无畏惧，而总是临近于神之缺失，并且在准备好的与这种缺失的切近中耐心期待，直到那命名高空之物的原初词语从这种与缺失之神的切近中被允诺出来。

在刊登哀歌《返乡》和颂歌《漫游》的同一期杂志上，荷尔德林还发表了一首题为《诗人之天职》的诗。这首诗的高潮在下面这一节（第四卷，第 147 页）：

> 但人必须毫无畏惧，孤独地
> 直面于神，唯纯真把他保护，
> 无需任何武器，无需任何巧智，
> 直到神之缺失发挥效力。

---

① 海德格尔对“神圣者”(das Heilige)与“神”(Gott)做了原则性的区分：与“神”或“上帝”相比，“神圣者”具有更为源始的意义。——译注

诗人的天职是返乡，唯通过返乡，故乡才作为达乎本源的切近国度而得到准备。守护那达乎极乐的有所隐匿的切近之神秘，并且在守护之际把这个神秘展开出来，这乃是返乡的忧心。因此，《返乡》这首诗以下面的诗句来结尾：

歌者的灵魂必得常常承受，这般忧心，
不论他是否乐意，而他人却忧心全无。

这个突兀的“全无”所言及的“他人”是谁呢？如此结尾的《返
乡》一诗的开头有“致亲人”这样一个献辞。可是，诗人何以还要对 29
历来生息于故乡的乡亲们说“返乡”呢？返乡的诗人受到乡亲们急切的欢迎。他们似乎是亲近的，但其实还不是亲近的——也就是说，还不是诗人的亲人。但假如最后提出的“他人”是那些首先应当成为诗人的亲人的人们，那么，为什么诗人径直把他们排斥在歌者的忧心之外呢？

这个突兀的“全无”虽然免除了“他人”的诗意道说的忧心，但绝没有免除他们倾听作诗者在《返乡》中“沉思和歌唱”的东西时的忧心。这个“全无”乃是“向”祖国的他人发出的神秘召唤，要他们成为倾听者，使得他们首先学会知道故乡的本质。“他人”必须首先学会思索那有所隐匿的切近之神秘。在这样一种思想中才造就出深思熟虑的人，他们不会莽撞急躁地对付那种隐匿起来的，并且在诗的词语中得到保藏的发现物。从这些深思熟虑的人们中，会产生出从容不迫的人，他们具有一种持久的勇气，这种勇气本身又要学会去忍耐那依然持续着的神之缺失。深思熟虑的人和从容不迫的人首先就是忧心的人。因为他们思及在诗中被诗意地创作出来的东西，所以，他们就以歌者的忧心倾心于那有所隐匿的切近之神秘了。基于这种统一的对同一者的倾心，忧心忡忡地倾听的人就与道说者的忧心相亲近了，“他人”就成为诗人的“亲人”。

那么，假定那些只在家乡土地上定居的人们还不是已经返回到故乡之本己要素中的人；而另一方面，也假定返乡的诗意本质乃是超出对家乡事物和本己生活的纯然分得的占有之外对喜悦之本源敞开——若我们假定这两点，则诗人最亲近的亲人不就是这些故乡的儿子们么？这些故乡的儿子们虽然远离故乡的土地，却一
30 直凝视着对他们闪耀不尽的故乡的明朗者，为依然隐匿起来的发现物耗尽他们的生命，并且在自我牺牲中挥霍他们的生命。他们的牺牲本身包含着对故乡最可爱的人发出的诗意呼唤，尽管隐匿起来的发现物可能依然隐而未显。

即使从“在祖国忧心忡忡的人们”中产生了忧心者，那隐匿的发现物也依然会隐匿着。于是就有了与诗人的亲缘关系。于是就有了返乡。而这种返乡乃是德国人的历史性本质的将来。

德国人是作诗与运思的民族。[①] 因为现在必须首先有思想者存在，作诗者的话语方成为可听闻的。唯有忧心者的运思，由于它思及那被诗意地表达出来的隐匿着的切近之神秘，才是“对诗人的追忆”。在此追忆中，才开始了与返乡诗人最初的亲缘关系，也就是说，与还乡诗人的长期内还十分广远的亲缘关系。

然而，如若“他人”是通过追忆而成为亲人的，那么他们何以没

① “作诗”(Dichten)与“运思”(Denken)可以直译为“诗”与“思”。——译注

有向诗人倾心呢？《返乡》一诗结尾处那个突兀的“全无”还适用于他们吗？还是适用的。但不光是适用而已。即使“他人”已经成了亲人，他们同时也依然在另一种意义上是“他人”。由于他们关注诗人已道出的话语，并且想到对它的正确解说和保持，他们就为诗人提供了助力。这种帮助吻合于那隐匿着的其中有极乐在临近的切近之本质。因为，犹如祝福的使者必须提供助力，使明朗者在朗照中通达人类，同样地对人类来说也必须有一个“第一者”，他在诗意地创作之际迎向祝福的使者而欢欣不已，从而得以独自地先行把祝福庇护入词语之中。

然而，词语一旦被道出，就脱离了忧心诗人的保护，所以，对于已经道出的关于被隐匿的发现物和有所隐匿的切近的知识，诗人不能轻松地独自牢牢地把握其真理性。因此，诗人要求助于他人，
他人的追忆有助于对诗意词语的领悟，以便在这种领悟中每个人 31
都按照对自己适宜的方式实现返乡。

对诗人及其亲人来说，被道出的词语必须处于保护中。为了这种保护，这位《返乡》的歌者在同时期的《诗人之天职》一诗中，命名了诗人与“他人”的这另一种关联。在这里，有关诗人及其对有所隐匿的切近之神秘的知识，荷尔德林说道（第四卷，第147页）：

……但诗人不能独自把它保持，
他乐于与他人携手结伴，
使他们领会到援臂互助。

33 # 荷尔德林和诗的本质

纪念诺伯特·封·海林格拉特[①]
阵亡于1916年12月14日

五个中心诗句

1. 作诗是最清白无邪的事业。(第三卷,第377页)
2. 因此人被赋予语言,
   那最危险的财富……
   人借语言见证其本质……(第四卷,第246页)
3. 人已体验许多。
   自我们是一种对话,
   而且能彼此倾听,
   众多天神得以命名。(第四卷,第343页)
4. 但诗人,创建那持存的东西。(第四卷,第63页)
5. 充满劳绩,然而人诗意地
   栖居在这片大地上。(第六卷,第25页)

---

① 诺伯特·封·海林格拉特(N. v. Hellingrath)在20世纪初整理、出版了诗人荷尔德林的遗稿,功不可没。——译注

为了揭示诗的本质，我们为什么要选择**荷尔德林**的作品？为什么不选荷马或者索福克勒斯，不选维吉尔或者但丁，不选莎士比亚或者歌德呢？按说，在这些诗人的作品中，同样也体现出诗的本质，甚至比在荷尔德林过早地蓦然中断了的创作活动中更为丰富地体现出来了。

也许是这样。但我们还是选择了荷尔德林，而且只选荷尔德林。然而，在唯一一位诗人的作品那里，我们竟能读解出诗的普遍本质吗？普遍意味着有广泛的适合性。但我们唯有在一种比较考察中才能获得这种普遍。为此目的，就需要罗列出诗和诗的种类最大可能的丰富多样性。而荷尔德林的诗无非是这许多诗和诗的种类中的一种而已。这样的话，荷尔德林的诗就绝对不足以单独地充当规定诗之本质的尺规。因此，我们的计划一开始就出了差 34
错。的确如此——只要我们把“诗的本质”理解为纠集于某个普遍概念中的东西，然后认为这个普遍概念乃是千篇一律地适合于所有诗歌的，那么，情形就会是这样。不过，这个普遍，这个如此这般毫无二致地适合于一切特殊的普遍，始终是那种无关紧要的东西，是那种“本质”(Wesen)，它绝不可能成为本质性的因素。但我们恰恰是在求索本质的这一本质性因素，它迫使我们去作出决断：从今以后，我们是否和如何严肃地对待诗，我们是否和如何具有那些前提条件，从而得以置身于诗的权力范围中。

我们之所以选择了荷尔德林，并不是因为他的作品作为林林总总的诗歌作品中的一种，体现了诗的普遍本质，而仅仅是因为荷尔德林的诗蕴涵着诗的规定性而特地诗化了诗的本质。在我们看来，荷尔德林在一种别具一格的意义上乃是**诗人的诗人**。所以，我们把他置于决断的关口上。

不过——作关于诗人的诗，这难道不是一种误入歧途的自我吹嘘的标志吗？这同时不是承认了世界之丰富性的匮乏么？作关于诗人的诗，这难道不是一种束手无策的虚张声势，某种末期的东西，一个死胡同吗？

下面的内容将给出答案。无疑，我们借以赢获答案的道路乃是一条权宜之路。或许必须在一个统一的进程中来解释荷尔德林的具体诗作；但我们在此不可能如此作为。我们仅只来思考诗人关于诗的五个中心诗句。这五个中心诗句的确定次序及其内在联系将会把诗的本质性的本质端到我们眼前。

一

在 1799 年 1 月致母亲的一封信中，荷尔德林提到，作诗是“最清白无邪的事业”（第三卷，第 377 页）。何以作诗是“最清白无邪
35 的”呢？作诗显现于**游戏**的朴素形态之中。作诗自由地创造它的形象世界，并且沉湎于想象领域。这种游戏因此逸离于决断的严肃性；而在任何时候，决断总是要犯这样或那样的过错。所以作诗是完全无害的。同时，作诗也是无作用的；因为它不过是一种道说和谈话而已。作诗压根儿不是那种径直参与现实并改变现实的活动。诗宛若一个梦，而不是任何现实，是一种词语游戏，而不是什么严肃行为。诗是无害的、无作用的。还有什么比单纯的语言更无危险的呢？诚然，通过把诗理解为“最清白无邪的事业”，我们还没有把握到诗的本质。但或许我们借此获得了一个暗示，它指示

我们必须到何处去求索诗的本质。诗是在语言领域中并且用语言“材料”来创造它的作品。荷尔德林关于语言说了些什么呢？我们且来听听诗人的第二个诗句。

二

在与上面所引书信同一时期(1800 年)写的一个残篇草稿中，荷尔德林如是说：

> 但人居于蓬屋茅舍，自惭形秽，以粗布裹体，从此更真挚也更细心地，人保存精神，一如女巫保持天神的火焰；这就是人的理智。因此人便肆意专断，类似于诸神，被赋予颐指气使和完成大业的更高权能；因此人被赋予语言，那最危险的财富，人借语言创造、毁灭、沉沦，并且向永生之物返回，向主宰和母亲返回，人借语言见证其本质——人已受惠于你，领教于你，最神性的东西，那守护一切的爱。(第四卷，第 246 页)

语言既是“最清白无邪的事业”的领域，又是“最危险的财富”。这两者如何合在一起了？我们先压下这个问题，而来沉思以下三个先行的问题：一、语言是谁的财富？二、何以语言是最危险的财 36
富？三、在何种意义上语言竟是一种财富？

我们首先要注意这句关于语言的诗句的出处：是在一首诗的草稿中，这首诗要道说与自然界其他生灵相区别的人是谁；诗中指出的其他生灵有玫瑰、天鹅、林中小鹿（第四卷，第 300 页和第 385 页）。所以，在把植物与动物做了比较之后，上面这个残篇就以“但人居于蓬屋茅舍”开始了。

人是谁呢？是必须见证他之所是的那个东西。“见证”一方面意味着一种证明；但同时也意味着：为证明过程中的被证明者担保。人之成为他之*所是*，恰恰在于他对本己此在的见证。在这里，这种见证的意思并不是一种事后追加的无关痛痒的对人之存在的表达，它本就参与构成人之此在。但人要见证什么呢？要见证人与大地的归属关系。这种归属关系也在于：人是万物中的继承者和学习者。但这两者处于冲突之中。那个使冲突中的事物保持分离而同时又把它们结合起来的东西，荷尔德林称之为“亲密性”（Innigkeit）。由于创造一个世界和世界的升起，同样由于毁灭一个世界和世界的没落，对这种亲密性的归属关系就得到了见证。人之存在的见证以及人之存在的本真实行，乃是由于决断的自由。决断抓获了必然性，自身进入一个最高要求的约束性中。对存在者整体的归属关系的见证存在（Zeugesein）作为历史发生出来。而为使历史成为可能，语言已经被赋予给人了。语言是人的一个财富。

然而，何以语言是“最危险的财富”呢？语言是一切危险的危险，因为语言首先创造了一种危险的可能性。危险乃是存在者对存在的威胁。而人唯凭借语言才根本上遭受到一个可敞开之物，
37 它作为存在者驱迫和激励着在其此在中的人，作为非存在者迷惑着在其此在中的人，并使人感到失望。唯语言首先创造了存在之被威胁和存在之迷误的可敞开的处所，从而首先创造了存在之遗

失(Seinsverlust)的可能性,这就是——危险。但语言不光是危险中的危险,语言在自身中也必然为其本身隐藏着一个持续的危险。语言的使命是在作品中揭示和保存存在者之为存在者。在语言中,最纯洁的东西和最晦蔽的东西,与混乱不堪的和粗俗平庸的东西同样地达乎词语。的确,为了便于得到理解而成为所有人的一个共同财富,甚至本质性的词语也不得不成为平凡粗俗的。有鉴于此,荷尔德林在另一个残篇中写道:“你向神灵诉说,但你们全都忘了一点:初生果实往往不属于终有一死的人,而是属于诸神的。唯当果实变得更平凡粗俗,更习以为常,它才归终有一死的人所有”。(第四卷,第 238 页)纯洁的也罢,粗俗的也罢,一概是被道说出来的东西。因此,词语之为词语,绝不直接地为它是不是一个本质性的词语抑或一个幻觉提供保证。相反,一个本质性的词语所具有的质朴性看起来无异于一个非本质性的词语。而且从另一方面来看,以其盛装给出本质性假象的东西,无非是一种悬空阔谈,人云亦云。这样,语言必然不断进入一种为它自身所见证的假象中,从而危及它最本真的东西,即真正的道说(Sagen)。

但是,这种最危险的财富在何种意义上是人的一种“财富”呢?语言乃是人的所有物。人支配语言,用以传达各种经验、决定和情绪。语言被用作理解的工具。作为适用于理解的工具,语言是一种“财富”。不过,语言之本质并不仅仅在于成为理解的工具。这一规定全然没有触着语言的真正本质,而只是指出了语言之本质的一个结果而已。语言不只是人所拥有的许多工具中的一种工具;相反,唯语言才提供出一种置身于存在者之敞开状态中间的可 38
能性。唯有语言处,才有世界。这话说的是:唯在有语言的地方,

才有永远变化的关于决断和劳作、关于活动和责任的领域，也才有关于专断和喧嚣、沉沦和混乱的领域。唯在世界运作的地方，才有历史。在一种更源始的意义上，语言是一种财富。语言足以担保——也就是说，语言保证了——人作为历史性的人而存在的可能性。语言不是一个可支配的工具，而是那种拥有人之存在的最高可能性的本有事件(Ereignis)。[①] 为了真正理解诗的活动领域从而真正理解诗本身，我们必须首先已经确信于这种语言的本质。那么，语言是如何发生的呢？要为这个问题寻获答案，我们就要来思考荷尔德林的第三个诗句。

三

我们在一首未完成的诗歌的一个又长又乱的草稿中碰到了这个诗句，这首诗开头是："你永不相信的和解者……"(第四卷，第162页以下和第339页以下)：

人已体验许多。
自我们是一种对话，
而且能彼此倾听
众多天神得以命名。(第四卷，第343页)

① 《荷尔德林诗的阐释》，1951年第二版：蓄意含糊地——严格说来却必须写作："而是本有事件本身"(sondern das Ereignis, das als solches)。——作者边注

我们先从这几个诗行中挑出直接相关于我们上面讨论的内容的一句诗:“自我们是一种对话……”。我们——人——是一种对话。人之存在建基于语言;而语言根本上唯发生于**对话**中。可是,对话不仅仅是语言实行的一个方式,而毋宁说,只有作为对话,语言才是本质性的。我们通常所谓的“语言”,即词汇和词语结合规 39 则的总体,无非是语言的一个表层而已。那么,什么叫“对话”呢?显然是彼此谈论某物。这时,谈论或说话是彼此通达的中介。不过,荷尔德林却说:“自我们是一种对话,而且能彼此倾听”。“能听”不光是彼此谈论的一个结果,相反地倒是彼此谈论的前提。但甚至“能听”本身就又已经以语词的可能性为归依了,并且需要这种可能性。“能说”和“能听”是同样源始的。我们是一种对话,这同时始终意味着:我们是**一种**对话。而一种对话的统一性就在于:在本质性词语中,单一和同一的东西总是可敞开的,我们对此获得了一致,我们据此而成为统一的,因而真正是我们本身。对话及其统一性承荷着我们的此在。

但是,荷尔德林并没有径直说:我们是一种对话,而倒是说:“自我们是一种对话……”。在人之语言能力出现和运作之处,还不是立即就有了语言的本质性事件——对话。自何时起我们是一种对话呢?哪里有一种对话,本质性的词语就必定总是关联于单一和同一的东西。倘没有这种关联,也就不可能有争执式对话。但是,单一和同一的东西唯在一个持存和持续者的光照中才能昭然若揭。而唯当持守和当前(Beharren und Gegenwart)闪现之际,持续状态和持存(Beständigkeit und Bleiben)才达乎显露。而这又发生于那个瞬间，即时间在其延展中开启自身的那个瞬间。[①]自从人进入某个持存者的当前之后，他就能遭受到可变之物、到来和消逝之物；因为唯有可持守者才是可变的。只有在“撕扯着的时间”[②]被撕裂为当前、过去和未来之后，才有统一于某个持存者的
40 可能性。自从时间是它“所是的时间”以来，我们就是**一种**对话。自从时间出现并达乎持存，我们就历史性地**存在**。两者——**一种**对话存在和历史性存在——是同样古老的，是共属一体的，是同一个东西。

自我们是一种对话——人已体验许多，诸神中有许多受到了命名。自从语言真正作为对话发生，诸神便达乎词语，一个世界便显现出来。但又必须看到：诸神的出现和世界的显现并不单单是语言之发生的一个结果，它们与语言之发生是同时的。而且情形恰恰是，我们本身所是的本真对话就存在于诸神之命名和世界之词语生成（Wort-Werden）中。

然而，唯当诸神本身与我们招呼并使我们置于它们的要求之下时，诸神才能达乎词语。命名诸神的词语，始终是对这种要求的回答。这种回答每每源出于一种天命的责任。[③] 由于诸神把我们的此在带向语言，我们才挪置入决断领域，去决断我们是否应答着诸神，或者我们是否拒绝着诸神。

---

① 《荷尔德林诗的阐释》，1951 年第二版：参看《存在与时间》，第 79—81 节。——作者边注

② 这里的“撕扯着的时间”（reissende Zeit）也可译为“湍急的时间”“倏忽流逝的时间”。——译注

③ 此句中的“回答”（Antwort）与“责任”（Verantwortung）两词有字面上的联系。——译注

由此而来，我们才能充分地度量“自我们是一种对话……”这个诗句的意思。自从诸神把我们带入对话，自从时间成为它所是的时间，我们此在的基础就是一种对话。据此，所谓语言是人类此在的最高事件这个命题就获得了解释和论证。

但很快就出现一个疑问：我们所是的这种对话是如何开始的呢？谁来实行那种对诸神的命名？谁从撕扯着的时间中把捉到一个持存者并且使之在词语中达乎呈现？荷尔德林以诗人可靠的单朴性告诉我们这个问题的答案。让我们来听听第四个诗句。

四

41

这个诗句构成《追忆》一诗的结尾：“但诗人，创建那持存的东西”（第四卷，第 63 页）。[①] 凭借这个诗句，就有一道光线进入我们关于诗之本质的问题中了。诗是一种创建，这种创建通过词语并在词语中实现。如此这般被创建者为何？持存者也。但持存者竟能被创建出来么？难道它不是总是已经现存的东西吗？绝非如此。恰恰这个持存者必须被带向恒定，才不至于消失；简朴之物必须从混乱中争得，尺度必须对无度之物先行设置起来。承荷并且统摄着存在者整体的东西必须进入敞开域中。存在必须被开启出来，以便存在者得到显现。但这个持存者恰恰是短暂易逝的。“因

① 这个诗句可以更简洁地译为：但诗人创建持存。这样译似乎更有诗的意味。但考虑到诗句的字面意思以及海德格尔在本书第四篇文章中对《追忆》一诗做的具体阐释，我们仍采用现在的译法。——译注

此一切天神飞快消逝；但并非徒劳”。（第四卷，第 163—164 页）而使一切天神持存，“乃是诗人的忧心和天职”。（第四卷，第 145 页）诗人命名诸神，命名一切在其所是中的事物。这种命名并不在于，仅仅给一个事先已经熟知的东西装配上一个名字，而是由于诗人说出本质性的词语，存在者才通过这种命名而被指说为它所是的东西。这样，存在者就**作为**存在者而被知晓。诗乃是存在的词语性创建。[①] 所以，持存的东西绝不是从消逝之物中取得的。简朴之物绝不能直接从混乱物中抓取出来。尺度并不在无度之物中。我们绝不是在深渊中寻找基础的。[②] 存在从来不是某个存在者。而由于存在和物之本质绝不能被计算出来，并且从现存事物那里推演出来，所以，物之存在和本质必须自由地被创造、设立和捐赠出来。这样一种自由的捐赠就是创建。

然而，由于诸神源始地受到命名，物之本质得以达乎词语，而物借此才得以闪亮，由于这样一回事发生出来，人之此在才被带入一种固定的关联之中，才被设置到一个基础上。诗人的道说不仅
42 是在自由捐赠意义上的创建，而且同时也是建基意义上的创建，即把人类此在牢固地建立在其基础上。如果我们理解了这一诗的本质，理解了诗乃是存在的词语性创建，那么，我们就多少能够猜度到荷尔德林那个诗句的真理了；而诗人说出这个诗句时，早已被卷入精神错乱的夜幕中了。

---

① 此句德语原文为：Dichtung ist worthafte Stiftung des Seins。——译注

② 德语中的“深渊”（Abgrund）一词由“基础”（Grund）加前缀 Ab-（有“除去”“取消”等意义）构成。——译注

五

我们在一首长而非凡的诗中看到这第五个中心诗句。这首诗的开头是：

> 在可爱的蓝色中闪烁着
> 教堂的金属尖顶。（第六卷，第 24 页以下）

在这首诗中，荷尔德林写道（第 32—33 行）：

> 充满劳绩，然而人诗意地
> 栖居在这片大地上。

人的所作所为，是人自己劳神费力的成果和报偿。“然而”——荷尔德林以坚定的对立语调说道——所有这些都没有触着人在这片大地上的栖居的本质，所有这些都没有探入人类此在的根基。人类此在在其根基上就是“诗意的”。但现在，我们所理解的诗是对诸神和物之本质的有所创建的命名。“诗意地栖居”意思是说：置身于诸神的当前之中，并且受到物之本质切近的震颤。此在在其根基上“诗意地”存在——这同时也表示：此在作为被创建（被建基）的此在，绝不是劳绩，而是一种捐赠。

诗不只是此在的一种附带装饰，不只是一种短时的热情甚或一种激情和消遣。诗是历史的孕育基础，因而也不只是一种文化现象，更不是一个“文化灵魂”的单纯“表达”。

我们的此在在根基上是诗意的，这话终究也不可能意味着，此
43 在根本上仅只是一种无害的游戏。但荷尔德林不是在我们最初所引的诗句中把诗称为“最清白无邪的事业”吗？这又如何与我们现在所阐发的诗之本质相合拍呢？我们于是就返回到我们起初置之不理的问题上了。我们现在要来回答这个问题，试图借此也概略地把诗和诗人的本质带到了我们心灵的眼睛面前。

首先我们已经得出：诗的活动领域是语言。因此，诗的本质必得从语言之本质那里获得理解。然后我们清晰地看到：诗乃是对存在和万物之本质的创建性命名——绝不是任意的道说，而是那种首先让万物进入敞开域的道说，我们进而就在日常语言中谈论和处理所有这些事物。所以，诗从来不是把语言当作一种现成的材料来接受，相反，是诗本身才使语言成为可能。诗乃是一个历史性民族的原语言（Ursprache）。这样，我们就不得不反过来要从诗的本质那里来理解语言的本质。

人类此在的根基是作为语言之本真发生的对话。而原语言就是作为存在之创建的诗。可是，语言却是“最危险的财富”。所以诗是最危险的活动——同时又是“最清白无邪的事业”。

实际上——唯当我们把这两个规定合为一体来思考之际，我们才理解了诗的全部本质。

但是，诗真的是最危险的活动吗？在启程作最后一次法国漫游前不久致一位友人的书信中，荷尔德林写道：“噢，朋友！世界展现在我眼前，其明亮和庄严胜于往常！无论它怎样发生我都乐意，哪怕我在夏日，‘古老的神圣天父用镇静的手从红云中撼动赐福的

雷霆’。因为在我从神那里看到的一切中，这个标志最合我意。从
前我能欢呼关于我们周身遭际的一个新真理、一个好观点；现在我 44
却担心，我最终不能胜任，就像古老的坦塔罗斯，[①]他从诸神那里获得的，远远超过了他能消化的”。（第五卷，第 321 页）

诗人遭受到神的闪现。荷尔德林有一首诗歌道说了这一点。我们把这首诗歌视为诗之本质中最纯粹的诗。它的开头是：

> 如当节日的时候，一个行走的农夫
> 望着早晨的田野，……（第四卷，第 151 页以下）

诗的最后一节写道：

> 而我们诗人！当以裸赤的头颅，
> 迎承神的狂暴雷霆，
> 用自己的手去抓住天父的光芒，
> 抓住天父本身，把民众庇护
> 在歌中，让他们享获天国的赠礼。

而且一年后，当荷尔德林因患精神病回到母亲家里时，他写信给同一个朋友，回忆他在法国逗留期间的情景：

“强大的元素，天国之火和人类的宁静，人类在自然中的生命，

---

① 坦塔罗斯（Tantalus）是希腊神话中主神宙斯之子，因泄露天机而被罚永世站在水中，水深及下巴，上有果树，想喝水时水即退，想吃果子时树枝即升高，是谓“坦塔罗斯的痛苦”，意即对某物可望不可即的痛苦。——译注

以及他们的局限和自足，始终占领了我的心灵；而且，就像人们喜欢跟从英雄，也许我可以说，阿波罗征服了我……”（第五卷，第327页）太大的光亮把诗人置入黑暗中了。还需要更多的证据来说明诗人的创造是最危险的“事业”吗？这位诗人最本己的命运道出了一切。荷尔德林在《恩披多克勒》中的一个诗句在此听来宛若一种先知先觉：

> ……作为神灵的传达者，
> 他必定早早离去。（第三卷，第154页）

然而：诗是“最清白无邪的事业”。荷尔德林在一封信中这样写道，不光是为了顾惜母亲，而是因为他知道，这一无害的外观属
45 于诗的本质，就像山谷属于山脉；因为，如果诗人不是“被抛出”（《恩披多克勒》，第三卷，第191页）日常习惯并且用其事业的无危害性外表来防止这种日常习惯的话，诗人又如何去从事和保持这一最危险的活动呢？

诗看起来就像一种游戏，实则不然。游戏虽然把人们带到一起，但在其中，每个人恰恰都把自身忘记了。相反地，在诗中，人被聚集到他的此在的根基上。人在其中达乎安宁；当然不是达乎无所作为、空无心思的假宁静，而是达乎那种无限的安宁，在这种安宁中，一切力量和关联都是活跃的（参见荷尔德林1799年1月1日致兄长的信，第三卷，第368—369页）。

诗给人非现实和梦幻的假象，似乎诗是与我们十分亲切熟稔的触手可及的喧嚣现实相对立的。实则不然。相反地，诗人所道说和采纳的，就是现实的东西。《恩披多克勒》中的潘多亚由于对女友的明晰认识而承认了这一点(第三卷，第 78 页)：

> ……他要亲身去存在，这就是
> 生活，我们其他人都是生活的梦幻。……

所以，诗的本质貌似浮动于其外观的固有假象上，而实则凿凿可定。其实，诗本身在本质上就是创建——创建意味着：牢固的建基。

虽然任何创建都脱不了是一种自由的赠礼，而且荷尔德林也听说：“让诗人像燕子一样自由”。(第四卷，第 168 页)但这种自由并不是毫无约束的肆意妄为和顽固执拗的一己愿望，而是最高的必然性。

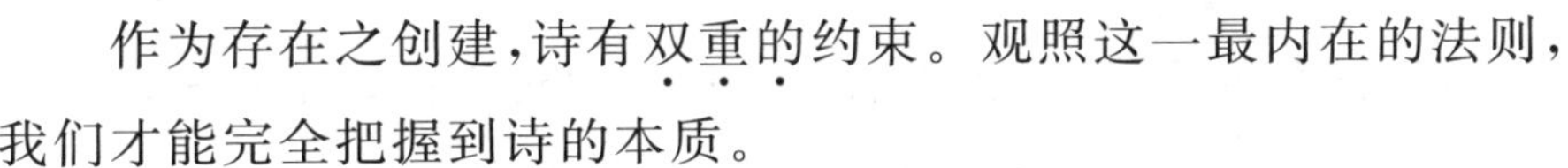

作为存在之创建，诗有**双重的**约束。观照这一最内在的法则，我们才能完全把握到诗的本质。

作诗是对诸神的源始命名。然而，唯当诸神本身为我们带来语言之际，诗意的词语才具有它的命名力量。那么，诸神是怎样说话的呢？

> ……而且自古以来 46
> 诸神的语言就是暗示。(第四卷，第 135 页)

诗人之道说是对这种暗示的截获，以便把这些暗示进一步暗示给诗人的民众。这种对暗示的截获是一种接受，但同时也是一种新的给予；因为诗人在“最初的标志”中也已经看到完成了的东西，并且勇敢地把这一他所观看到的东西置入他的词语中，以便把尚未实现的东西先行道说出来。所以

……大胆的精灵，宛若鹰隼
穿越狂风暴雨，预言着
他未来诸神的消息……（第四卷，第135页）

存在之创建维系于诸神的暗示。而同时，诗意的词语只是对“民族之音”的解释。荷尔德林以此来命名那些道说，[①]在这些道说中，一个民族记挂着他与存在者整体的归属关系。但这种声音常常沉寂下来，常常在自身中变得虚弱不堪。这种声音毕竟也不能自发地道说本真，而是需要对它们做出解释的人。荷尔德林的一首题为《民族之音》的诗歌有两个版本流传于世。主要是最后几节诗有所不同，但不同之处恰好是相互补充的。第一个版本的末节如下：

因为民族之音多么虔诚，为了
热爱天神，我尊重这宁静的声音，
但为诸神和人类的缘故
愿这声音不会总是安于宁静！（第四卷，第141页）

① 此处“道说”(die Sagen，英译本作 the sayings)在日常德语中有“传说、传闻”等意思，海德格尔后来以 die Sage 命名他所思的“语言”。——译注

而第二个版本的末段是：

……而且道说确实美好
因为它们是对至高者的回忆
但神圣的道说也需要解释。（第四卷，第 144 页）

这样，诗的本质就被嵌入到诸神之暗示和民族之音的相互追求的法则中了。诗人本身处于诸神与民族之间。诗人是被抛出在 47 外者——被抛入那个“**之间**”（*Zwischen*），即诸神与人类之间。但只有并且首先在这个“之间”中才能决定，人是谁以及人把他的此在安居于何处。“人诗意地栖居在这片大地上”。

荷尔德林不断地并且愈来愈确实地，出于飞扬涌现的丰富形象并且愈来愈质朴地，把他的诗意词语奉献给这一中间领域了。这就促使我们说，荷尔德林乃是诗人的诗人。

现在我们还能认为，荷尔德林由于缺乏世界丰富性而卷入一种空洞的过分张扬的自我吹嘘中了吗？抑或我们认识到，荷尔德林这位诗人出于一种过度的涌迫而诗意地思入存在之根基和中心处？那首后期诗歌《在可爱的蓝色中闪烁着……》关于俄狄浦斯说的诗句，正适切于**荷尔德林**本人：

俄狄浦斯王有一只眼
也许已太多。（第六卷，第 26 页）

荷尔德林诗意地表达了诗之本质——但并非在永恒有效的概

念意义上来表达的。这一诗之本质属于某一特定时代。但并不是一味地相应于这个已经存在的时代。相反，由于荷尔德林重新创建了诗之本质，他因此才规定了一个新时代。这是逃遁了的诸神和正在到来的神的时代。这是一个贫困的时代，因为它处于一个双重的匮乏和双重的不之中：在已逃遁的诸神之不再和正在到来的神之尚未中。[①]

荷尔德林所创建的诗之本质具有最高程度上的历史性，因为它先行占有了一个历史性的时代。而作为历史性的本质，它是唯一本质性的本质。

这个时代是贫困的时代，因此，这个时代的诗人是极其富有的——诗人是如此富有，以至于他往往倦于对曾在者之思想和对
48 到来者之期候，只是想沉睡于这种表面的空虚中。然而诗人坚持在这黑夜的虚无之中。由于诗人如此这般独自保持在对他的使命的极度孤立中，他就代表性地因而真正地为他的民族谋求真理。那首题为《面包和美酒》的哀歌的第七节昭示出这一点。（第四卷，第 123—124 页）在这节诗中，诗人诗意地道说了我们在此只能对之作思想上的剖析的东西。

可是朋友！我们来得太迟。虽然诸神尚存，
却超拔于顶端云霄在另一世界中。
它们在那里无休无止地运作，似乎很少关注

① 此句中所谓“双重的不”，是指“不再”（Nichtmehr）和“尚未”（Nochnicht）中的两个“不”（Nicht）。——译注

我们生存与否，其实天神多么垂顾我们。
因为一个脆弱的容器并非总能把它们装盛，
只是偶尔，人能承受全部神性。
于是生活就是对诸神的梦想。但迷乱
就像微睡一样有益，困顿和黑夜使人强壮，
直至英雄在铁制摇篮里茁壮成长，
心灵一如往常，具有类似天神的力量。
然后诸神隆隆而来。这期间我常常觉得
沉睡更佳，胜于这样孤独无伴，
胜于这样苦苦期待，而我又能做什么说什么
我全然不知，在贫困时代里诗人何为？
但是你说，[1]他们就像酒神的神圣祭司，
在神圣的黑夜里迁徙，浪迹各方。

① 此处的"你"应指德国作家海因泽(Wilhelm Heinse)。荷尔德林的哀歌《面包与美酒》是题赠给海因泽的。——译注

49 《如当节日的时候……》

如当节日的时候，一个行走的农夫
望着早晨的田野，昨夜风雨，
从灼热的黑夜迸发出清冷的闪电，
遥遥地还隆响着雷霆，
河水又从河岸回落，
大地郁郁葱葱，青翠欲滴，
天空令人喜乐的雨水
洒落在葡萄树上，
小树林沐浴在宁静的阳光下：

同样地，他们处于适宜气候中[①]
自然的轻柔怀抱培育诗人们，
强大圣美的自然，它无所不在，令人惊叹，
但绝非任何主宰。
因此当自然在年岁中偶有沉睡模样
在天空、在植物或在民众中，

① 此句中的“他们”指下文讲的“诗人们”。——译注

诗人们也黯然神伤，
他们显得孤独，却总在预感。
因为在预感中自然本身也安宁。

但现在正破晓！我期候着，看到了
神圣者到来，神圣者就是我的词语。
因为自然本身，比季节更古老
并且逾越东、西方的诸神，
自然现在已随武器之音苏醒，
而从天穹高处直抵幽幽深渊
遵循牢不可破的法则，一如既往地
自然源出于神圣的混沌，
重新感受澎湃激情，那创造一切者。

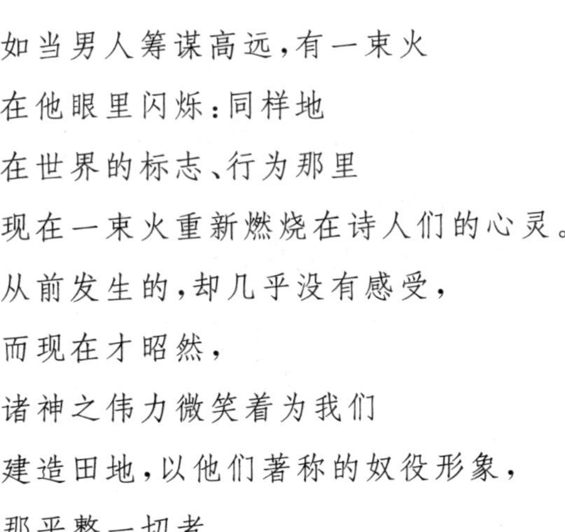
如当男人筹谋高远，有一束火
在他眼里闪烁：同样地
在世界的标志、行为那里
现在一束火重新燃烧在诗人们的心灵。
从前发生的，却几乎没有感受，
而现在才昭然，
诸神之伟力微笑着为我们
建造田地，以他们著称的奴役形象，
那平整一切者。

你询问它吗？它的灵魂飘扬在歌中，
当歌声为白昼的太阳和温暖的大地唤醒，
空气中的气流，还有其他
在时间深处出现的东西
对我们更充满预示，更清晰可闻
漫游于天空和大地之间，在诸民族中间。
思想的共同灵魂存在，
寂静地终结于这位诗人的心灵。

诗人心灵悚然震惊，
被神圣的火焰点燃，
久已知道的无限物在回忆中颤动，
果实在爱情中诞生，那诸神和人类的作品
歌唱蔚为大观，见证着诸神和人类。
所以正如诗人们所说，因为他们显然
渴望看到神，神的闪电击中了塞墨勒的家园
产生了致命的灰烬，
暴风雨的果实，神圣的巴克斯。[①]

因此大地之子现在毫无危险地
畅饮天国之火。

① 巴克斯(Bacchus)为古希腊神话中的酒神，前句中的塞墨勒(Semele)则为巴克斯之母。——译注

而我们诗人！当以裸赤的头颅，
迎承神的狂暴雷霆，
用自己的手去抓住天父之光芒，
抓住天父本身，把民众庇护
在歌中，让他们享获天国的赠礼，
因为我们唯有纯洁的心脏
宛若儿童，我们的双手清白无邪。

天父的纯洁光芒，并没有把它烤焦，
虽受深深撼动，却还同情于神的痛苦，
永恒心脏坚如磐石。

此诗作于 1800 年。110 年之后它才为德国人所知。诺伯特· 51
封·海林格拉特首次从荷尔德林手稿中整理出这首诗，并于 1910 年将它公之于世。自那以后，时间又过去了近 30 年。在这几十年间，现代世界历史开始了明显的动荡。世界历史的进程，促使人们去决断正在征服地球整体的人类已经变得无条件的统治地位的未来特征。但荷尔德林的诗歌还有待于解说。

我们在此作为基础的文本，按原稿重又做了校检，乃是依据下面这样一种解释的努力。[①]

此诗原无标题。全诗共分七节。除第五、第七节外，每节皆为

① 有人揭发，此句是有问题的：一个文本如何能以一种对它的解释为依据呢？海德格尔生前亦承认这个毛病，并表示再版时要删去此句。参看本书“编者后记”中有关这个句子的说明。——译注

九行。第五节没有第九行。第七节据海林格拉特的版本共有十二行。齐克尔纳格版则把一个更早草稿中的残篇添列为第八节。

第一节铺陈节日早晨一个农夫在外面田野上的逗留。这里没有劳作。神对人是切近的。这个农夫想看看在暴风雨过后果实庄稼的长势；来自炎热黑夜的暴风雨威胁了庄稼。还有，远方隐隐作响的雷霆仍让人心有余悸。但是，洪水并没有危及田地。大地苍翠欲滴。葡萄树欢欣于天国雨露的恩赐。树林沐浴在宁静的阳光中。农夫知道其财产受到气候的不断威胁，但到处都发现令人欢喜的安宁。他于是满怀信心地期望着田地和葡萄树的未来馈赠。果实和人被保护在一种恩惠中，这种恩惠运作于天地间并且允诺一个持存的东西。

这就是第一节诗所说的，它几乎是描绘了一幅图画。第一节最后

52 一句诗却以一个冒号结束。这表明第一节向着第二节开放自身。第二节开头的“同样地”呼应着第一节开头的“如当……”。“如当……的时候：同样地……”[①]指示着一个比较句式，它就像一个括号，把开头一节和第二节甚或所有下面诸节都包含于一体中了。

正如一个行走的农夫为他的世界安然无恙而欣喜，徜徉在广阔田野上，“同样地，他们处于适宜气候中”——诗人们。而何种恩惠赐予诗人们，让他们觉察到恩惠之物呢？就是那种恩惠，

自然的轻柔怀抱培育诗人们，

① 这里“如当……的时候：同样地……”用的是德文的比较句式：wie... so...（正如……同样地）。——译注

强大圣美的自然，它无所不在，令人惊叹，
但绝非任何主宰。

这三句诗的内在运动朝向“自然”一词，并于其中展开。荷尔德林在此仍用“自然”一词所命名的东西，贯穿了全诗的基调直至结束。自然“培育”诗人。熟巧和学问只能“提供”某种东西。但仅从自身而来，它们却一无所能。对某个其他东西的培育必定不同于人类对人类劳作活动的热情。自然“无所不在，令人惊叹”地“培育”。自然在一切现实之物中在场着。自然在场于人类劳作和民族命运中，在日月星辰和诸神中，但也在岩石、植物和动物中，也在河流和气候中。自然之无所不在“令人惊叹”。它绝非在现实范围中的某个地方，可以作为某个具体的现实事物而为我们所找到。自然之无所不在也绝不是把具体个别现实事物集拢在一起的结果。就连现实事物整体，充其量也无非是无所不在的自然的结果。自然本身不能从现实事物那里得到什么说明。我们甚至也不能用某个现实事物来解释无所不在的自然。它在不知不觉中已经出现，阻止着任何对它的特殊驱迫。如果说人类的活动进行着这种驱迫，或者神性的运作为此而被打造，那么，它们只不过是毁坏令人惊叹之物的质朴性。对令人惊叹的自然不能施以任何制造活 53
动，自然却以其在场状态贯穿了万物。所以，自然“在轻柔怀抱中”培育。无所不在的自然不知道纯然现实事物的重力的片面性，这种纯然现实事物有时一味地捆缚人类，有时一味地推拒人类，有时干脆把人类丢下不管，但总是把人类抛弃在所有偶然事物的强制性中。但自然的“轻柔怀抱”却也并非指向某种虚弱的无能。“无

所不在”即是“强大”。不过，如果自然是在万物中首先现身的东西，那么它是从哪里获得力量的呢？自然并非在某某地方还有其力量之封地。它是力量源泉本身。力量之本质由自然之无所不在而得规定，荷尔德林称之为“强大圣美的自然”。自然之所以强大，因为它是圣美的。那么，自然可与一个神或一个女神相比拟吗？如果是这样的话，则“自然”，在万物中，也在“诸神”中现身存在的自然，就还是要以“神性”为尺度，就不再是“自然”了。自然之所以是“美的”，是因为它是“无所不在，令人惊叹”的。自然之当前现身的整全性并不是指对现实事物的数量上完全的囊括，而是指自然对现实事物的贯通方式，现实事物按其特性而言似乎是对立地排斥的。自然之无所不在保持着至高的天空和至深的深渊的相互最极端的对立。相互保持并存者就这样在其难以驾驭的特性中保持着相互分裂。只有这样，对立者才能进入其他者状态的最极端的尖锐性之中。以此种方式达乎“极端”而显现出来的东西乃是最高显现者。如此这般显现者乃是迷惑者。① 但同时，对立被无所不在的自然挪置入它们共属一体的统一体之中。这个统一体并非使难以驾驭之物消解于呆板无力的平衡，而是把它置回到那种宁静
54 之中，此宁静作为来自争执之火的寂静光辉来照射，在其中，一方把另一方摆置入显现之中。这一无所不在的统一体乃是出神者。无所不在的自然有所迷惑又有所出神。而这同时的迷惑和出神就

① 《荷尔德林诗的阐释》1951 年第二版：

ἐκφανέστατον[最高显现者]

τὸ καλόν[美]

ἐρασμιώτατον[最热爱者]

——作者边注

是美的本质。[1] 美让对立者在对立者中，让其相互并存于其统一体中，因而从或许是差异者的纯正性那里让一切在一切中在场。美是无所不在的现身（Allgegenwart）。再者，自然之被叫作“圣美的”，是因为神或女神最容易在其显现中唤起迷惑和出神的外观。但实际上，它们并不能胜任纯洁之美；因为它们特殊的显现始终保持为一个外观，原因在于，单纯的迷惑（“显灵”）看来就像出神，而单纯的出神（在神秘的专心中）就像迷惑。可是，神却能达到美的最高外观，从而最切近于无所不在的自然的纯粹显现。

自然之所以强大，是因为它是圣美的，是令人惊叹而无所不在的。这个自然拥抱着诗人们。诗人们被吸摄入自然之拥抱中了。这种吸摄把诗人们置入其本质的基本特征中。这样一种置入就是培育。这种培育铸就了诗人们的命运：

因此当自然在年岁中偶有沉睡模样
在天空、在植物或在民众中，
诗人们也黯然神伤，
他们显得孤独，却总在预感。

沉睡是消失，即不在场的一种方式。但是，如果说“自然”没有在天空中、在大地及其生长发育中、在民族及其历史中在场，它又如何能够达乎不在场的外观呢？无所不在的自然似乎“在年岁中

① 此处“迷惑”（Berückung）和“出神”（Entrückung）两词有相同的词根，而动词rücken有“移动、挪动”等意。——译注

偶有”沉睡。“年岁”在此既意味着“季节”的年岁，也意味着“民族的年岁”，即时代。自然似乎沉睡却又没有沉睡。自然是清醒的，
55 但它是以悲哀的方式清醒的。这种悲哀退隐于万物而进入对整一(das Eine)的怀念。但悲哀的回忆切近于那种东西，这种东西攫取了悲哀并且似乎是遥远的。悲哀并不沉湎于对纯然失落之物的神往。它让不在场者总是重又到来。因此，看起来也似乎只是这样，仿佛悲哀的诗人们被局限于悲哀的细节并且被囚禁于其中了。诗人们并不“孤独”。实际上，“他们总在预感”。预感先行思入遥远，这种遥远并非自身疏远，而是在到来之中。但因为到来者本身还居于其原初状态，滞留于其原初状态，所以，对到来者的预感同时是一种先思和一种回思。[①] 所以，有所预感的诗人们保持在与“自然”的归属关系中：

因为在预感中自然本身也安宁。

自然安然不动。自然之安宁绝不意味着运动之停止。安宁是向现身于一切运动中的开端及其到来的自行聚集。因此，在有所预感之际，连自然也安然不动。由于自然先行思入其到来，所以，自然寓于自身而存在。自然之到来乃是无所不在之在场，[②]因而是“无所不在者”之本质。

唯由于预感者存在，也才有归属自然和应合自然的东西存在。

---

① 此处“先思”(Vordenken)和“回思”(Zurückdenken)或可译为“先行思考”和“回溯思考”。——译注

② “无所不在之在场”德语原文为：die Anwesung der Allgegenwart。——译注

与令人惊叹的无所不在者、强大者、圣美者相应合的，乃是“诗人们”。荷尔德林指的是何种诗人呢？是那些处于适宜气候中的诗人们。唯这些诗人保持在与在预感中安宁的自然的应合关系中。基于这种应合，诗人之本质得到了重新裁定。“诗人们”压根儿不是所有的诗人，也不是无规定的任意什么诗人。“诗人们”乃是未来者，其本质要根据他们与“自然”之本质的相应来衡量。而这一久已熟知的、现在又充满歧义地被滥用的“自然”一词在此指的是什么，必定只有从这首独一无二的诗歌中才得到规定。

“自然”这个词往往出现在我们习以为常的关于“自然和艺术”
“自然和精神”“自然和历史”“自然和超自然”“自然和非自然”等之 56
类的区分中。因此，“自然”向来就意味着存在者的一个特殊领域。但是，如果我们意图把这首诗中所谓的“自然”与“精神”“同一”起来——在荷尔德林的同代友人谢林所思考的“同一”意义上——，那也并没有曲解“自然”。甚至，直到这首颂歌为止，荷尔德林本人还在《许佩里翁》和《恩披多克勒》第一个草稿中以“自然”一词所说的东西，也远远不是现在他所谓的“令人惊叹的无所不在者”。同时，着眼于这个词所要命名的到来者，“自然”现在也变成一个不相称的词语了。至于“自然”一词依然还被允许作为这首诗歌的主导词语，这就要归咎于一种其渊源十分深远的道说力量的摇摆变动了。

自然，即 natura，希腊文叫 φύσις。这个词是西方思想发端处那些思想家的基本词语。但是，就在人们拿拉丁文 natura（自然）来翻译希腊文 φύσις 那当儿，人们很快就把后来的一些因素转嫁到原初的意思上了，就已经用疏离陌生的东西取代了为开端所独有的东西了。

Φύσις，φύειν，意指生长。但希腊人是如何理解生长的呢？希腊人没有把生长理解为量的增加，也没有把它理解为“发展”，也没有把它理解为一种“变易”的相继。Φύσις 乃是出现和涌现，是自行开启，它有所出现同时又回到出现过程中，并因此在一向赋予某个在场者以在场的那个东西中自行锁闭。被思为基本词语的 φύσις，意味着进入敞开域中的涌现，进入那种澄明（Lichtung）之照亮，入于这种澄明，根本上某物才显现出来，才展示在其轮廓中，才以其“外观”（εἶδος，ἰδέα）显示自身，并因此才能作为此物和彼物而在场。Φύσις 是涌现着向自身的返回，它指说的是在如此这般成其本质的作为敞开域的涌现中逗留的东西的在场。但敞开域之澄明在光线之透视的通行中，即在“光”中，才变得最纯粹地可感
57 知。Φύσις 是照亮之澄明的涌现，因而是光的发源地和场所。“光”之闪现归属于火，就是火。火既是光线又是灼热。光线照明，才赋予一切显现以敞开域，才赋予一切显现以可感知性。灼热闪耀，在灼热中点燃了一切涌现者而使之达乎显现。所以，作为有所发光又有所灼烧的“光”，火就是敞开域，它先就已经在场于一切在敞开域范围内涌现和消失的东西之中。Φύσις 是在万物中当前现身的东西。但如果“自然”是 φύσις，那么，自然作为“无所不在的”自然岂不同时必定是灼烧一切者？所以，荷尔德林在这首诗中也把“自然”称为“创造一切者”和“平整一切者”。

在这首诗中，荷尔德林的“自然”一词按 φύσις 这个原初的基本词语所隐含的真理诗意地表达了自然的本质。但是，荷尔德林也还没有认识到 φύσις［涌现、自然］这个原初的基本词语的内涵，

即使在今天，这个词的内涵也还几乎没有得到衡度。荷尔德林同时也不是想凭他所谓的“自然”来单纯地重新复活古代希腊人所经验到的东西。在“自然”一词中，荷尔德林诗意地表达了另一个东西，这另一个东西或许与曾经借 φύσις 得到命名的那个东西有着某种隐含的关联。

自然，以“轻柔怀抱”把万物包含在其敞开和澄明中的自然，偶尔似乎是沉睡了。于是光亮就悲哀地退回到自身中。自行锁闭的悲哀是不可穿透的，并且显现为黑暗。但这种悲哀并非纯然的和任意的昏暗，而是一种有所预感的安宁。黑暗乃是黑夜。黑夜乃是对白昼的安宁预感。

但现在正破晓！我期候着，看到了
神圣者到来，神圣者就是我的词语。

这首诗第三节开头的惊呼道出有所灼烧的光线的涌现。破晓乃是从前在预感中安宁的自然的到来。破晓是到来中的自然本身。“但现在正破晓！”的惊呼，听来就像自然的一个呼声。唯呼声召唤某个到来者。这位诗人的词语是对那些总是预感着的诗人们 58
所期候和观看的东西的纯粹召唤。诗意的命名道出被召唤者本身出于其本质而必然要求诗人去道说的东西。所以，荷尔德林不得不把自然命名为“神圣者”。在稍后创作的颂歌《在多瑙河之源》中，荷尔德林写道：

我们把你命名，受神圣迫使

重新把你命名为自然！就像婴孩出自沐浴
从你那里升起一切神性造物。[①]

但正是在这些诗句上，诗人在铅笔修改时，很快加上了删去的标记，对此，海林格拉特（第四卷第二版，第377—378页）做了一个附注，指出：荷尔德林从现在起不再对“自然”这个名称满意了。可是，“自然”这个名称作为诗歌的基本词语，在颂歌《如当节日的时候……》就已经被消除了。这种消除乃是更原初地开始道说的结果和标志。

荷尔德林把破晓称为在万物中现身的澄明的照亮。而有所照亮的光的苏醒却是一切事件中最寂静的事件。但由于它被命名出来，甚至它本身就要求命名，所以，“自然”的苏醒进入诗意词语的声音中。在词语中揭示出被命名者的本质。因为通过命名本质之物，词语把本质从非本质那里分离出来。而由于词语把它们分离开来，词语就决定了本质与非本质的冲突。词语是武器。所以，荷尔德林在同一首颂歌《在多瑙河之源》中，说“词语的武器”是保存神圣者的“圣物”。

因为破晓者，即轻柔地拥抱并且令人惊叹的无所不在者，现在成了唯一要道说的东西和在词语中存在的东西，所以自然“现在已随武器之音苏醒……”。但是，为何“神圣者”必然是诗人的词语呢？

---

① 《荷尔德林诗的阐释》，1951年第二版：
自然作为神圣者——迫使我们进入命名。
|
此乃“来处”；
参看巴斯纳版，第二卷第二册，第695页以下。——作者边注

这是因为“处于适宜气候中”的诗人只能命名他在预感中倾听到的 59
东西，即：自然。由于自然苏醒了，所以它把它自己的本质揭示为神圣者。

> 因为自然本身，比季节更古老
> 并且超越东、西方的诸神，
> 自然现在已随武器之音苏醒，……

自然比那些被分配给人、民族和事物的季节更为古老。但自然并不比“时间”更古老。[①] 自然如何也能比“时间”更老呢？只要自然“比季节更古老”，那么，自然无疑就比大地之子所考虑的“季节”“更老”，也即更先，也即更早，恰恰也更有时间性。“自然”是最古老的时间，但绝不是形而上学上所说的“超时间”，更不是基督教所认为的“永恒”。自然比“季节”更早，因为作为令人惊叹的无所不在者，自然先就赋予一切现实事物以澄明，而只有进入澄明之敞开域中，万物才能显现，才能显现为现实事物之所是。自然先行于一切现实事物，先行于一切作用，也先行于诸神。因为自然“比季节更古老”，也“超越东、西方的诸神”。自然绝不是高于“这些”诸神而成为诸神“之上”的某个特殊的现实领域。自然是超越“这些”诸神。[②]

---

① 这里的“季节”（Zeiten）和“时间”（Zeit）在德语字面上仅有复数与单数之分别。——译注

② 此句中的“这些”为第四格定冠词 die，而上句中的“这些”为第三格定冠词 den。这两个定冠词前面都是介词 über，我们分别译为“超越”（第四格）和“高于”（第三格）。——译注

自然,“强大的”自然,比诸神更能胜任别样东西:在作为澄明之自然中,万物才能当前现身。荷尔德林把自然称为神圣者,因为自然“比季节更古老并且超越诸神”。于是,“神圣性”(Heiligkeit)绝不是某个固定的神所秉有的特性。神圣者之为神圣的,并非因为它是神性的;相反地,神之所以是神性的,因为它的方式是“神圣的”;①所以,荷尔德林在这节诗中也把“混沌”称为“神圣的”。神圣者就是自然之本质。自然作为破晓者揭示着它在苏醒中的本质。

而从天穹高处直抵幽幽深渊
遵循牢不可破的法则,一如既往地
自然源出于神圣的混沌,
重新感受澎湃激情,那创造一切者。

这个“而”接着上句的“苏醒”,它并没有进而导向在苏醒之外甚或首先作为苏醒之结果出现的其他东西。这个“而”引出对苏醒的自然之本质的揭示。在苏醒中自然达乎本身。重新感受澎湃激情的,乃是“那创造一切者”。现在,无所不在的自然被叫作“创造一切者”。光让万物在其显现和闪亮中涌现,所有现实事物于是为其本身所点燃而处于其本己的轮廓和尺度中。如此这般入于其本己的本质而受到区分,一切显现者就被灵魂所照射了,即:受热情

① 注意这个句子中的“神圣者”(das Heilige)、“神圣的”(heilig)与“神”(das Göttliche)、“神性的”(göttlich)之间的区别与联系。以荷尔德林的说法,“神圣者”为至高的“直接者”;而“神”为“间接者”,它源出于“神圣者”。——译注

激励。自然热情激励万物而成为无所不在、创造一切的自然。自然本身即是“热情激励”。唯有自然能够热情激励，因为它是“灵魂”。然而，灵魂却是作为清醒而大胆的纷争而起支配作用的，这种纷争把一切在场者都投入其在场的分离得当的界限和构造之中。这种纷争就是本质性的思（Denken）。“灵魂”最本己的东西是“思想”（Gedanken），通过“思想”，万物由于纷争恰恰结成一体了。灵魂乃是具有统一作用的统一体。这个统一体让一切现实事物的共存在其聚集中显现出来。因此，在其“思想”中，灵魂本质上就是“共同的灵魂”。它是具有热情激励方式的灵魂，这种热情激励把一切显现者吸摄入无所不在者的统一体中。无所不在者本身在热情激励中有其在场方式，即出现和苏醒。在苏醒中，自然达乎自身，为其本身所贯通并决定了基调。因为自然乃是先行于一切的原初的东西，所以它——如果它重又感受自身的话——只能原初地亦即“重新地”感受。

万物在其中获得在场和片刻之时的那个敞开域，首先贯通并且耸现于一切区域之范围。所以，苏醒的作用“从天穹高处直抵幽幽深渊”。“天穹”（Äther）这个名称表示光之父和激活一切的明亮的大气之父。“深渊”（Abgrund）意味着“大地母亲”所孕育的锁 61
闭一切者。“天穹”和“深渊”既命名着现实的极端区域，但也命名着至高的神性。两者被热情激励所贯通并充满灵魂。这种热情激励并不像一种盲目陶醉那样漂浮而变成肆意专断。
它是

> 遵循牢不可破的法则，一如既往地

源出于神圣的混沌，……

自然把一切现实事物嵌合到它们的本质形态中。由于“灵魂”在现实中显现而灵魂因素反照在灵魂因素中，所以大全(All)的基本形态展示开来。为此必须有不朽者和能死者出现，两者以各自方式与现实相关涉。只有当自然先于一切提供出敞开域，而在此敞开域中不朽者和能死者以及任何一个物才能出现和照面，这时候，一切个别化的现实事物在它所有关联中才是可能的。敞开域促成一切现实事物之间的关联。一切现实事物仅仅起于这种中间促成，因而是被促成的东西。这样的间接者仅仅根据间接性而存在。[①] 所以，间接性必然存在于万物中。但敞开域本身，给万物以共同并存的领域的那个敞开域，并非来自任何中间促成。敞开域本身就是直接者。因此，没有一个间接者，无论它是神还是人，能够直接地达到直接者。由于观入大全的这一本质深处，荷尔德林从自己的思想出发，认识到了品达的一个残篇的意义(施罗德编，残篇第一百六十九)：

νόμος ὁ πάντων βασιλεὺς
θνατῶν τε καὶ ἀθανάτων
ἄγει δικαιῶν τὸ βιαιότατον
ὑπερτάτα Χειρί…

① “间接者”(das Mittelbare)与上句的“中间促成”(Vermittelung，或译“中介作用”)有字面联系。——译注

荷尔德林做的译文如下(第五卷第二版,第276页):

法则,万物之王,
能死者和不朽者之王;
用那至高无上的手
施行最公正的权力
平稳因而强大。

荷尔德林用“至高之物”一词给这个残篇作标题。对此,他从 62
自己的沉思出发说道:

真正看来,直接者对能死者和不朽者来说都是不可能的;神按其本性必须区分不同的世界,因为天国的财富为了它自身的缘故必然是神圣的,没有杂质的。人作为认识者也必须区分不同的世界,因为知识唯通过对立才是可能的。所以直接者,严格地讲,对于能死者来说是不可能的,同样对不朽者来说也是不可能的。

而严格的间接性乃是法则。

在万物中先行当前现身者把一切个别之物聚集到一种在场状态之中,并且促成万物显现出来。直接的无所不在的当前现身是一切被促成者亦即间接者的中间人。直接者本身绝非一个间接者。相反,直接者严格地讲倒是中间促成过程,亦即间接者的间接性,因为是直接者使间接者在其本质中成为可能。“自然”乃是促

成一切的间接性，是“法则”。因为自然是先于万物的原初的东西，是原始的不可动摇的东西，所以它是“牢不可破的法则”。由于自然苏醒而成为本身，于是自然按其本质——“遵循牢不可破的法则”——而得以源出。

可是，自然却“源出于神圣的混沌”。“混沌”与“法则”如何合在一起了？对我们来说，“混沌”倒是意味着无法则和混乱。荷尔德林自己也说：“神圣荒原为众生备好生长的根基”（《泰坦》，第四卷第二版，第 208 页）；他讨论了“神圣的荒原”（第四卷第二版，第 250 页，第 341 页），也谈到“笨拙的荒原”（第四卷第二版，第 216 页）和“亘古的混乱”。（《莱茵河》，第四卷第二版，第 180 页）可是，χάος 首先意味着裂开的深渊，张裂的鸿沟，吞噬一切的先行自行开启的敞开域。鸿沟绝不会支撑某个被区分和被建基的东西。而因此之故，对一切仅仅认识间接者的经验来说，混沌就是无差异

63 的东西，从而似乎是纯然的混乱。但这种意义上的“混沌”仅仅是“混沌”的非本质。从“自然”（φύσις）方面来思考，混沌始终是那种张裂，出自这种张裂，敞开域才开启自身，从而才赋予任何差异之物以其限定的在场。因此，荷尔德林把“混沌”和“混乱”称为“神圣的”。混沌就是神圣者本身。没有任何现实之物先行于这种张裂，相反地始终只是进入这种张裂。无论何时，任何显现者都已经被这种张裂所超过。自然“一如既往”先于一切，超越一切。自然在一个双重意义上是过往者（das Einstige）。自然是先于一切的最老者和晚于一切的最新者。由于自然的苏醒，它的到来就作为最未来者（das Künftigste）来自最老的曾在之物，而这个最老的曾在之物绝不过于老化，因为它无论何时都是最新者。

始终过往者乃是神圣者；因为它作为原初之物在自身中始终是未受损伤的和"美妙的"。[①] 但原始的美妙通过它的无所不在而赋予任何现实之物以其栖留的美妙。然而，美妙和赋予美妙者作为直接者于自身中锁闭着一切丰富性和所有构造形态，从而对于任何个体来说恰恰是不可预感的，无论这个个体是一个神还是一个人。神圣者作为不可预感者，把间接者的出于其意图的任何直接趋迫抛入徒劳之中。神圣者把一切经验置于其惯常之外，从而不再给予其立足之地。如此这般惊骇着，神圣者就是恐怖可怕的东西本身。[②] 但它的恐怖可怕始终掩藏在轻柔拥抱的温柔中。不过，因为这种轻柔的拥抱培育着未来的诗人们，所以诗人们作为被吸纳者知道神圣者。诗人们的知道就是预感。预感涉及到来者和出现者，也即破晓。"但现在正破晓！"当神圣者本身到来之际，现在又有什么？

如当男人筹谋高远，有一束火
在他眼里闪烁：同样地
在世界的标志、行为那里
现在一束火重新燃烧在诗人们的心灵。

① 此处形容词"美妙的"(heil)与名词"神圣者"(das Heilige)有字面和意义上的联系。作者在下面也讲到"神圣者之美妙"(das Heil des Heiligen)。——译注

② 此句中的"惊骇着"(ent-setzend)和"恐怖可怕的东西"(das Entsetzliche)与动词 entsetzen 相关，后者既有"使惊慌、惊骇"之意，也有"撤销、把……放置出去"的意思，因此可与上句中讲的"把……置于……之外"(heraussetzen)联系起来。——译注

64 就像沉思男人的高远筹谋反照在他的眼光里，当神圣者在到来之际揭示自身，“在诗人们的心灵里”也射出一道光线。一种光亮向着那些诗人展现，这些诗人被神圣者所拥抱而归属于神圣者。因为诗人们与预感着的自然同悲，所以，诗人们也必然在自然苏醒之际进入光中，他们本身也必然是一种光亮。于是，那些诗人本身敞开地处身于敞开域中，而敞开域“从天穹高处直抵幽幽深渊”澄明自身。敞开域之敞开状态顺应于我们所谓的“一个世界”。正因为这个缘故，对这些诗人来说，世界的标志和行为进入一道光中；因为诗人们并不是无世界的。虽然诗人们按其本质归属于神圣者，而一切现实之物之现实性，也即对“灵魂”的思考，本质上是“灵魂的”。但诗人们却同时也始终被嵌入、被囚禁在现实之中。

> 诗人们也必然是世界的
> 是灵魂的诗人。
> （《唯一者》，第一稿）

于是，世界的标志和行为就可能成为一个诱因，涌现着的光亮的闪耀就在那里点燃。一个诱因纯粹只是“世界性的”“感觉”“效果”和“结果”；因为一个世界因素从未自发地作用而使神圣者到来。也只有那些已然看到到来者之到来的人们，才能把世界中某物解释为到来者的标志，鉴定为到来者的行为。而尤其是，世界的标志和行为从来不是真正进入敞开域的东西。进入可敞开状态因而也进入人类感知领域的，唯有并且“现在才有”“从前发生的，却几乎没有感受”的东西。“从前”在此意味着先行于一切往常现实事物，那个在季节中最古老的东西，但后者先前只有在某种最初的闪现中才成为可感知的："自然"（φύσιs）的原初第一次涌现，自那以后，"自然"就在万物中当前现身，但此后也进入颠倒甚至遗忘。65
而这个原初的东西如何在现在"重新"开始的苏醒和熟悉之前起作用呢？

诸神之伟力微笑着为我们
建造田地，以他们著称的奴役形象，
那平整一切者。

"无所不在的"和"创造一切的"自然现在被称为"平整一切的"自然。虽然这个词说的是诸神的伟力。而这一伟力也是诸神借以胜任其作为，并因而成为其本身所是的东西。但伟力并非出自诸神，相反地，是诸神凭借这些伟力，这些"平整"一切、把一切（包括诸神）保持在"生命"中的伟力。自然"先行""微笑着"为人类建造"田地"。在这里，"田地"一词对第一节诗做了倏忽而过的暗示，它表示着人类于其上生活和借以生活的一切。神圣者之美妙从前"微笑着"于万物中当前现身，毫不费劲，轻快欢乐，因而不受人"几乎没有感受"那里所发生的东西这回事情的影响。人类只是在急促于可抓住事物当中，来利用这一为圣美的自然提供出来的东西，并因此把无所不在者贬低到奴役形态中。但是，"自然""微笑着"在原初的泰然任之（Gelassenheit）中泰然容忍了这种做法和一切结果，并且听任人类对神圣者的错误认识。由于这种对"自然"的错误认识，任何一个事物就只还"是"它作成的东西而已；而它实际上往往只作成它所是的东西。然而,任何事物,包括任何人,都仅仅按出于自身成其本质的自然,即神圣者,在这个事物中当前现身的“方式”而“存在”。

但是,如果只有诗人们才被无所不在的自然轻柔地拥抱,那么,“民族”又如何处于神圣者的当前现身之中呢?如果火只是锁闭在诗人们的“心灵”中,“大地之子”又如何能够经验那“平整一切
66 的伟力”呢?即使这位诗人本身也绝不能够通过本己的沉思通达神圣者,甚或完全获得神圣者之本质,也绝不能通过追问向自身逼近。

你询问它吗?它的灵魂飘扬在歌中,……

唯有在“歌唱”中,“灵魂”才顺应于神圣者可思议的构造。可是,灵魂并不是飘扬在任何“唱”中。只有在歌中才有灵魂的飘扬。①

当歌声为白昼的太阳和温暖的大地唤醒,……

在原稿中明摆着是“唤醒”,并不像以往那些版本那样读作“生长”。② 歌必然来自“从天穹高处直抵幽幽深渊”的自然的苏醒。当歌随着“苏醒的热情激励”一起苏醒时,神圣者之到来的气息就在歌中飘扬。现在异乎寻常的是歌的本源。歌之苏醒发生在“气

① 此句中我们权且译为“歌唱”“唱”和“歌”的德文原文分别是 Gesang,Sang 和 Lied。——译注

② “苏醒”(entwacht)和“生长”(entwächst)两词在字形上极为相近。——译注

流”中，“气流”“……漫游于天空和大地之间，在诸民族中间”。自然从前似乎沉睡于那个领域中，这整个领域的动荡是必需的。大全的这一动荡源出于“在时间深处出现的”震动。苏醒回溯入于最老的时间，由之而来，一切到来者已经获得了准备。所以，大全的震动也“对我们……更充满预示”——也即对共同苏醒的诗人们来说是更充满预示的。原初的财富赋予诗人们的词语大量几乎不可道说的含义。因此“一种失败的重负”就落在诗人肩膀上。而正因为这个缘故，对诗人们来说就可以有“许多保存”（《……成熟了……》，第四卷第二版，第 71 页），有“许多可说”（第四卷，第 219 页，第 221 页），“因为还有某些东西可以吟唱”。（《在多瑙河之源》，第四卷第二版，第 161 页）另一方面，由于这种震动来自苏醒的自然最古老的深处，而诗人们又被自然轻柔地拥抱，所以，热情激励对诗人们来说也必然更有在场特性，因而也“更清晰可闻”。

> 思想的共同灵魂存在， 67
> 寂静地终结于这位诗人的心灵。

荷尔德林有意在“存在”（sind）之后加了一个逗号。就像雕刻家不易察觉的一凿便赋予雕像以不同的印记，这个逗号在“存在”一词中有着独特的分量。“苏醒的自然”、“热情激励”就在当前。自然之当前现身的方式乃是到来。神圣者把万物集合并保持在其“牢不可破的法则”的完好无损的直接性中。“灵魂”思想着贯通并安置万物，纷争着万物而始终喜爱万物。灵魂之为“灵魂”永远是“共同灵魂”。贯彻并支配万物，而且把万物保持在统一体中的灵魂的热情激励又是以何种方式当前现身的呢？“寂静地终结于这位诗人的心灵”，它之“终结”并不是说它消失了和停止了。相反地：热情激励被允纳和保持，而且是“寂静地”。震动被平静和保藏下来而获得平息。神圣者的惊骇力量在“这位诗人”的温柔心灵中得以安宁。神圣者寂静地当前现身而成为到来者。因此，神圣者也绝不是作为某个当前（Gegenwart）而被表象和把捉的。在这首诗歌的其他地方，荷尔德林多次谈到诗人们。（第 10—11 行，第 16—17 行，第 31 行，第 56 行）但在这里却是指这一位诗人，就是说“我期候着，看到了神圣者之到来”的这一位诗人。从这位诗人的知道中得出词语的确定性：“思想的共同灵魂存在，寂静地终结于这位诗人的心灵”。

按数量来看，第五节诗少一行。所以想必也要补上一个中间思想，以便清晰地过渡到下面一节诗。

现在，天正破晓，“这位”诗人也苏醒了。完全被苏醒的热情激励所贯通，现在一个“思想者”（Geistiger）被委任为唯一的诗人。而且，为了让歌的词语能够成就，必定首先要有一位诗人存在。这一位诗人把神圣者之平静下来的震动保持在其沉默的寂静之中。
68 因为真正的词语的声音只能源出于寂静，所以，现在一切都准备好了：

> 诗人心灵悚然震惊，
> 被神圣的火焰点燃，
> 久已知道的无限物在回忆中颤动，
> 果实在爱情中诞生，那诸神和人类的作品

歌唱蔚为大观，见证着诸神和人类。

这些诗句的品达式构造贯穿着一个思想：因为神圣者被寂静地保存在这位诗人的心灵中，所以歌唱——现在也即仅仅道说神圣者的词语——才在这位诗人心灵中蔚为大观。但这一蔚为大观并不单单在于一支歌的成功，而在于："它"，即这位诗人的心灵走运，因为它在作品的创作中没有失败。"歌唱蔚为大观"这个强调的诗句意思是说：一种本质性失败的威胁得到了克服。然而在这里，一种失败从何威胁而来？除了由于不能获得成功之外又能从何而来呢？对歌的诞生来说，成功，也即那种喜悦，乃是必然的。因为，即便这位诗人的心灵寂静地把到来者之现身保存于自身中，这位诗人也绝不能够从自身而来直接地去命名神圣者。寂静地蕴藏在这位诗人心灵里的光照之火焰需要燃烧。仅仅一束光线，一束还是从神圣者本身那里发射出来的一束光线，就足以点燃火焰。这就是说，一个趋近于神圣者、但始终还居于神圣者之下的较高者，即一个神，必定能在这位诗人心灵里投下点燃的闪电。借此，神就担当起那个"超越于"它的神圣者，并把神圣者聚集入一种尖锐状态，把它带入那唯一的光线的这一闪中，通过这一闪，神被"指派"给人，从而对人有所馈赠。

因为无论是人类还是诸神，都不能自力地完成与神圣者的直接关系，所以人类才需要诸神，天神才需要终有一死的人：

……天神之力并非万能。 69

正是终有一死者更早达乎深渊。(《回忆》)

只有这样，即诸神必然成为诸神而人必然成为人，而同时又绝不可能孤立地存在，于是才有它们之间的爱情。可是，通过这种爱情的中间人作用，它们恰恰不是自身归属，而是归属于神圣者，这个神圣者对它们来说乃是“严格的间接性”，即“法则”。而现在神圣的光芒突然击中了这位诗人。转眼之间神性的丰盈使这位诗人喜悦。这样被击后，这位诗人才胆敢一味地跟随这种幸福，并醉心于一种对神的占有。但这或许是一种不幸，因为这意味着诗人本质的丧失；原因在于，诗人的本质并不在于对神的接受，而在于被神圣者所拥抱。

不过，这位诗人现在处于适宜气候中，以至于他熟悉于先行在一切有限物中在场的东西，即“无限物”。而且由于无所不在的自然“比季节更古老”，所以也才有与它们的“很久以来”的归属关系。如果说现在神圣的光芒击中了这位诗人，那么，他并非被撕扯入光芒的火焰中，而是被特殊地转向神圣者。虽然这位诗人的心灵“颤动着”，并因此在自身中得以唤醒被平静了的震动；但它是为回忆所颤动，可以说，是为对先行发生的东西的期待所颤动；这先行发生的事情就是神圣者的自行开启。颤动打破了沉默之宁静。词语生成。如此这般产生的词语作品才能显现出神与人的一体关系。歌给予神人一体关系的基础以证据，歌见证着神圣者。“唯有现在”，即当思想的共同灵魂先行开放之际，这位诗人的心灵才成功地歌唱。但并非总是在一件作品成功的时候也才有幸福。

所以正如诗人们所说，因为他们显然
渴望看到神，神的闪电击中了塞墨勒的家园

产生了致命的灰烬，

暴风雨的果实，神圣的巴克斯。

想按人类的方式观看神，这种渴望把塞墨勒撕扯到被释放出来的闪电的唯一火焰中去了。接受者遗忘了神圣者。虽然产生了果实，即巴克斯，这个“葡萄”之神，它

为天空和大地精华所育，

当他从幽暗的土地中升起

高高的太阳浸润了它，……（《恩披多克勒》最后手稿）

但是，果实并不是为产生者——在果实的形成中焚为灰烬的产生者——而被产生出来的。根据这个对立，塞墨勒的命运表明，唯有神圣者的当前保证了歌唱的真正成功。对欧里庇德斯（《巴克斯》）和奥维德（《变形记》，第三卷，第293页）所描写的塞墨勒的命运的回忆，仅仅是作为反面被插入诗歌中的。所以，下面第七节诗的开头也没有与第六节结尾衔接起来，而是接过了第六节中间的话题：

因此大地之子现在毫无危险地

畅饮天国之火。

而我们诗人！当以裸赤的头颅，

迎承神的狂暴雷霆，……

虽然这一“畅饮”令人想起酒神，但它意指的是对其他果实的采纳，人对飘扬在成功的歌中的灵魂的审听。人类在歌中审听到的，乃是苏醒的热情激励，亦即燃烧的火光：“天国之火”。这个后来在一些颂歌中（《莱茵河》，第100行；《泰坦》，第271行）又出现过的词语，并不是指闪电，而是指那束“火”，它在歌唱诞生之前，“现在重新燃烧在诗人们的心灵”，即神圣者。这束火被叫作“天国的”，是因为它通过一种“神性”来促成。“现在”即破晓时分，“现在”即“自然已随武器之音苏醒”之际，“现在”即“从前发生的（东
71 西）才昭然”之际，“现在”，神圣者对大地之子来说已经失去了危险性。混沌之震动并不提供任何支撑，直接者之恐怖挫败每一种趋迫——神圣者已经通过这位得到保护的诗人的寂静，而被转变到间接的具有中介作用的词语的温柔中去了。

因为歌唱是由于神圣者之到来才蔚为大观的，所以，“大地之子”和“诗人们”同时被投入一新的本质方式中，但结果是，大地之子的本质状况和诗人们的本质状况比从前更决定性地分道扬镳了。现在大地之子径直得到了无危险之物（“因此……畅饮……”），而未来的诗人们（“但我们……当以……”）则被置入了最极端的危险中。现在，他们必须站在神圣者本身更有期备、更原初地开启自身的地方。诗人们必须听任直接者具有其直接性，但同时把它的中介作用接受为唯一的东西。因此，保持与更高的中间人的关系，乃是诗人们的尊严和义务。现在正是破晓时分，“失败的重负”并没有减缓，而是提升为几乎不可承受的东西了。即使直接者是绝不能直接审听到的，也需要“用自己的手去抓住”具有中介作用的光线，并自身固守在涌现着的原初之物的“狂风暴雨”

中。由于认识到这一使命，诗人们便结为一体。“我们诗人”——是那些独一无二的未来者，作为他们当中第一个诗人，荷尔德林本人先行道说了要说的一切。当这些诗人们的双手的抓取和伸张为“纯洁的心脏”所左右，他们就能够胜任自己的使命。“心脏”意味着诗人们最本己的本质得以聚敛于其中的那个东西，即进入神之拥抱的归属关系的寂静。对荷尔德林来说，“纯洁的”始终与“源始的”有着同样的意思，意指坚决保持在原初规定性中。这种“纯洁”为儿童所特有。在这里，所谓“纯洁的心脏”并没有“道德上的”意思。这个词命名了与“无所不在的”自然的关联方式和应合方式。如果诗人们内在于强大美丽的“自然”的当前现身中，那么，他们也 72
就获得了一味坚持本真并且在法则中测度自身的每一种可能性。诗人们的双手是“清白无邪的”。他们至高的果断，这种诗意的道说，看来就像“最清白无邪的事业”。

从内容上看，第 62 行结束了第七节；而按照为这些诗节所选择的诗行数量来看也是这样。在海林格拉特版和齐克尔纳格版中第 62 行结尾“双手”一词[①]之后所加的句号，其实在原稿中是没有的。第 63 行开始的一种思想返回到对神圣者的道说，并且引向这首诗的完成。因此，在眼前这个文本中，在荷尔德林那里没有标点符号的第 62 行结尾处就被加上了一个句号。第七节涉及两重意思：通过某个“天神”促成的歌的赠礼由诗人传递给大地之子了；但诗人们本身却迎承着“神的狂暴雷霆”。然而，这首诗整体上并没有以对大地之子和诗人们的命名而告终。因为这首诗真正地从而

① 原诗第 62 行结尾为“双手”(Hände)，在中译文则为“纯洁无邪”。——译注

在完成之际要说的东西，本就在蕴涵一切的第三节诗中道出：

> 但现在正破晓！我期候着，看到了
> 神圣者到来，神圣者就是我的词语。

这首诗的结束语必定要回到神圣者那里。关于诗人们和歌的赠礼，这首诗也有所道说，而且其原因仅仅在于：神圣者是震动一切的恐怖和直接者。所以，大地之子在毫无危险的歌唱的赠礼中需要神圣者的中介作用。但恰恰是这一点，即，神圣者通过神和诗人们而秉有某种中介作用并且在歌唱中诞生，威胁着神圣者的本质而使之颠倒为它的反面。直接者因此就成为间接者。因为歌唱
73 只有随神圣者之苏醒而苏醒，所以甚至间接者也源自直接者本身。这一歌唱之本源，即自然随之苏醒的“武器之音”，从而就是深入到神圣者的本己本质深处的震动。由于神圣者成为词语，神圣者最内在的本质就动摇了。法则受到了威胁。神圣者便有变成不牢固之虞。不过，

> 天父的纯洁光芒，并没有把它烤焦，
> 虽受深深撼动，却还同情于神的痛苦，
> 永恒心脏坚如磐石。

“永恒心脏”一词，在荷尔德林全部诗作中是独一无二的。这个词的意蕴也只有在这首独一的诗歌中才得以道出。

神圣者在其本源中乃是“牢不可破的法则”，是那种“严格的间

接性”，一切现实事物的一切关系就在这种间接性中得以促成。万物之所以存在，只是因为万物被聚集入完好无损者的无所不在中，内在于这种完好无损者：

万物亲密地存在。

荷尔德林的一个后期草稿以此开头(第四卷第二版，第381页)。万物的存在只是由于万物从无所不在者的亲密性那里显现出来。神圣者就是这种亲密性本身，就是——“心脏”。

但是，神圣者，“超越诸神”和人类的神圣者，“比季节更古老”。过往者，先行于一切的第一者和晚出于一切的最后者，乃是先于万物的涌现者和把一切包含于自身中的东西，即：原初之物和作为原初之物的持存者。它的持存(Bleiben)就是永恒者之永恒。神圣者乃是过往的亲密性，是“永恒的心脏”。但神圣者的这种持存却受到了源自其本身，并且随其到来所要求的歌唱之词语的中介作用的威胁。可是，不光是人类的词语，更早更凶猛的倒是被发送到词语的点燃和见证作用中的天父的“神圣光芒”，更有剥夺神圣者之直接性的危险，更有通过把神圣者投入到间接物中而使之受到本质毁灭的危险。因为即使在“天父的光芒”中，神圣者也已经外 74
化为间接物了，更何况不朽者之于神圣者只有间接关系。但是

天父的纯洁光芒，并没有把它烤焦……

这里的“它”即永恒心脏。“烤焦”在此按“纵火抢劫”这一惯用

语来看意同消灭；荷尔德林起初没有用“并没有把它烤焦”，而是写作“并没有杀害”。在最后一节诗的内侧空白处，荷尔德林以粗糙而激动的笔法写下了下面的评注：

这个领域/更高，高于/
人类的领域/这就是神。

在这里，诗人想在这句话中扣压下来的暗示应当是说：更高的领域，即神圣的光芒，甚至更深刻地以其本质之丧失来威胁神圣者。但即便这一领域也只是“更高的”，而非“最高的”领域。也就是说，源出于本源的东西并不能够与本源抗衡。因而“永恒的心脏”虽然受到“深深撼动”，但依然坚如磐石。而撼动的根据却在于那个深处，由这个深处而来，神圣者才“同情于神的痛苦”。作为闪电顺应于神圣光芒的神何以有痛苦呢？这种光芒在明确的补充中被叫作“纯洁光芒”，[①]这是由于它内涵着与神圣者之归属关系的坚定性；因为“天国财富为其自身之故必定是神圣的”。(《论品达残简〈至高之物〉》，第五卷第二版，第276页)这种迫切的归属关系，不是纯种的忍耐，而是痛苦。但荷尔德林是如何思考痛苦之本质的？在颂歌《唯一者》的后期文稿的附加改动中，这一点得到了揭示。这首颂歌要说的就是，基督徒的神恰恰不是唯一者。在那里(第四卷第二版，第379页)，荷尔德林提到一片荒野：

① 第63行诗按原文应直译为：“天父的光芒，纯洁的光芒，并没有把它烤焦”。“纯洁的光芒”是对“天父的光芒”的补充说明。——译注

……荒野充满幻觉，
保持在清白无邪的真理中
乃是一种痛苦。

因为过往的亲密性，也即在完好无损的“法则”中持存，乃是一 75
种痛苦，所以，出于其本质开端的永恒心脏是有痛苦的。它因此也分享“神的痛苦”。由于神圣者委身于光芒的坚定性，即一种痛苦，神圣者就在照射自身之际持存于其本质之真理中，而且因此就有原初的痛苦。但因为这一源自开端的痛苦并不是所经受的忍耐，而是把一切聚集于自身中的亲密性，所以，与神的同情也不具有怜悯和体恤的方式。痛苦乃是坚定地保持在开端中。对开端来说，涌现和委身绝不是损失和终结，而始终只是更庄丽的开端，是更原初的亲密性。坚定地保持的神圣者有待道说。但神圣者的持存绝不意味着某个现存事物的空洞持续，而是开端的到来。对这种先行于过往者的开端而言，不可能设想有更原初的东西了。作为到来的持存乃是开端的无法忆及的原初性。

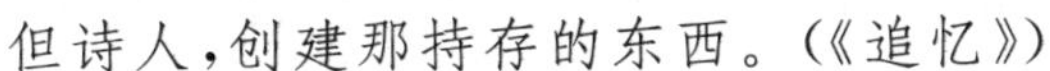

但诗人，创建那持存的东西。（《追忆》）

从多重角度上看，这首诗是未完成的。尤其是结尾部分的构造，始终还是不确定的——对荷尔德林本人来说或许已然确定。但在这里，所有的完成都只是那种富余的结果，这种富余源出于诗歌最内在的开端并且要求有确凿的结束语。任何想描绘最后这节诗的构造的努力，都只能致力于唤醒这样一些人：他们听得见这首诗歌的“这个词语”。

> 但现在正破晓！我期候着，看到了
> 神圣者到来，神圣者就是我的词语。

“现在”——何时是这个“现在”呢？是诗人写这首诗歌时的1800年左右光景么？是的，“现在”明确地是指荷尔德林本人说“现在正破晓！”的那个时间点。确实，这个“现在”指的就是荷尔德
76 林的时代，而非其他时代，而荷尔德林的时代无非是由他的诗句表达出基调的时代。在严格意义上，荷尔德林的时代固然就是他的时代，但这一他的时代恰恰不是那个同时代，即在这个时候仅仅同时的和通常的同时代。

这个“现在”指的是神圣者的到来。这一到来才给出了“时代”，这个时代是历史向自己提出本质性决断的“时代”。这样的“时代”绝不能给出说明（“注明日期”），也不是用年岁数量和世纪阶段能测定的。“历史数量”无非只是人类的计算活动赖以排列和贯串事件的附带纽带。各种事件始终只占有着历史的表层，而考查（ὑστοεῖυ）就只能达到这种表层。但这种“历史学上的东西”绝不是历史本身。[1] 历史是罕有的、难得的。唯当真理[2]之本质向来原

---

① 这里区分“历史学上的东西”（das Historische）与“历史”（die Geschichte）。海德格尔认为“历史学上的历史”只是表层的，而存在发生意义上的“历史”才是本真的，是“罕有的、难得的”（selten）。——译注

② 《荷尔德林的颂歌“如当节日的时候……”》1941年第一版：存在（Seyn）本身。——作者边注

初地被裁定之际，历史才存在。

“比季节更古老”并且“超越诸神”的神圣者，在其到来中建立着另一种历史的另一个开端。神圣者原初地先行裁定人类和诸神，决定它们是否存在，它们是谁，它们如何存在和何时存在。到来者在其到来中通过呼声而被道说。现在，从这首诗开始，荷尔德林的词语成了召唤着的词语。荷尔德林的词语现在乃是“颂歌”（Hymnos），一种全新的独一无二意义上的“颂歌”。一般我们习惯于把希腊词 ὑμνεῖν 译为“赞美”和“赞颂”。这时我们很容易意指一种醉心词藻的赞美和歌颂。但现在，诗意的词语是创建着的道说。这种歌唱的词语不再是一种“对”某物的“赞美”，既不是“对诗人的赞美”，却也不是“对”自然的赞美，而是神圣者“的”赞美。神圣者赠送词语，并且自身进入这种词语之中。词语乃是神圣者之本有事件。[①] 于是，荷尔德林的诗就是原初的召唤，它被到来者 77
本身所召唤，它道说这个到来者并且只道说这个作为神圣者的到来者。赞美的词语于是“必然是神圣的”；而且因为它必然是“神圣的”，也就是“神圣的清冷的”。荷尔德林一个作于 1800 年的题为《德国之歌》的残篇道出了这一点：

……于是坐在深深的阴影中，

① 此句或可译为：“词语乃是神圣者之发生”。“本有事件”或“发生”（Ereignis）一词是后期海德格尔思想的基本词语，它不是一个形而上学的范畴，因而没有可固定的意义。我们曾尝试以“大道”“本有”等译之。在本书各篇中，我们多以“本有事件”译之。特别可参看海德格尔：《面向思的事情》《同一与差异》《在通向语言的途中》《哲学论稿》等著作。——译注

当头上的榆树沙沙作响，
在凉风嗖嗖的小溪旁，德国诗人
畅饮神圣的清冷的溪水，
远远地倾听那寂静天籁
他歌唱心灵之歌。

（残篇第十，第四卷第二版，第 244 页）

“深深的阴影”在“天国之火”的过大的光亮面前挽救了诗意词语。“凉风嗖嗖的小溪”在“天国之火”过强的火焰面前保护了诗意词语。清冷之物的凉快和阴影适合于神圣者。这种清冷并不否定热情激励。清冷乃是那种对神圣者的期备态度随时都具有的基本情调。

荷尔德林的词语道说着神圣者，并因此命名着原初决断的唯一时间，而这种原初决断是对于诸神和人类的未来历史的本质构造的决断。

荷尔德林的这种词语依然未被倾听，它保存在德国人的西方语言之中。

《追忆》 79

《追忆》一诗(第四卷,第 61 页以下)[①]最早是在 1808 年塞肯多夫的《诗歌年刊》上发表的。估计成诗于 1803 年至 1804 年间。已知手稿只有最后一节。此节见于诗人的第一个小对开本簿子上。这本簿子里也有一首“河流诗”[②]的草稿,诺伯特·封·海林格拉特凿凿有据地给这首“河流诗”冠以《伊斯特河》的标题(参看第四卷,第 220 页以下,第 300 页以下,第 367 页)。Ἴστρος 是表示一条河流下游的希腊名称,[③]罗马人相应地就把它叫作“伊斯特”,而这条河的上游则被称为“达努别乌斯”(参看品达:《奥林比亚颂歌》,第三首,以及荷尔德林的片断翻译,第五卷,第 13—14 页)。颂歌《伊斯特河》诗意地表达了这条河的河流本质,这条河在它的上游开垦了这位诗人的本源居住点。这条河与莱茵河遥相呼应,而莱茵河的故乡本质表现在它与陶努斯[④](霍姆贝格、法兰克福)的邻近中(参看哀歌《漫游者》,第四卷,第 102 页以下)。在接

---

① 《追忆》中的倒数第二行诗,是根据弗里德里希·巴斯纳(Fr. Beissner)考订的异文改变的。——原注

② 荷尔德林曾创作过几首以“河流”为题的诗歌,如《莱茵河》、《在多瑙河之源》、《伊斯特河》等,被称为“河流诗”(Stromdichtung)。——译注

③ 即多瑙河的希腊名称。——译注

④ 陶努斯(Taunus):德国南部山区。——译注

近源头的上游，多瑙河在山岩间曲折地流淌。它幽深的水流时有停滞，甚至作漩涡状逆流。这一向着本源驱逼的水流，仿佛来自河流进入异域大海的那个地方。属于东方异域的伊斯特河，就仿佛出现在多瑙河的上游。荷尔德林诗意地道说了多瑙河及其森林峡谷（《伊斯特河》，第四卷，第220页）：

人们却把这条河命名为伊斯特河
它风光旖旎。

这条家乡的河流进入非家乡名称的命名之中。这个名称隐藏着它那个有待诗意地表达的河流本质的本源的秘密（第四卷，第221页）：

80 但伊斯特河
好像逆行而上，
而我以为，它必定
来自东方。
其中会有许多
可道说的东西。

《追忆》一诗即对此有所道说。所以，这首诗一定也是在这同一个时期的同一个簿子上创作的。

追　忆

东北风轻轻吹拂，
那是我最热爱的风，
因为它预兆着
船夫们火热的灵魂
和吉利的航行。
但是现在只管前行吧，去问候
美丽的加龙河，[①]
和波尔多[②]的庭院
在那里，在陡峭的河岸
蜿蜒小径曲折延伸
小溪跌入幽深的河流
而在小溪之上，有一对
名贵的橡树和白杨在张望；

这的确令我记忆犹新
榆树林宛若宽大的顶峰，
掩映着磨坊，
但庭院中长着一棵无花果树。
节日里

① 加龙河(die Garonne)，法国西南部的一条河流。——译注

② 波尔多(Bordeaux)，法国西南城市，荷尔德林曾在那里作过短期的家庭教师。——译注

棕色的女人们在那里行走
在锦绣的土地上，
在三月季节，
夜与昼长短相若，
在静缓的小桥上，
熙风充满金色的梦幻，
徐徐地吹拂。

81 但是，愿有人为我端上
芳香郁郁的酒杯一盏，
盛满幽幽的光芒，
我就能心安；因为
在树荫下假寐
许是多么甜蜜！
为那垂死的思想
失魂落魄，
是多么不妙。
而那是多么美好
进行一种对话，去言说
心灵的主意，去倾听
许多爱的日子，
和发生的行为。

但这些朋友们在何方？本拉明[①]
和他的伴侣在何方？
有些人心存顾忌，
不敢依源而行；
因为财宝源自大海。
他们犹如画家，
聚集大地的美丽
并不鄙弃鼓翼漂流的纷争，
经年累月，孤独地居住在
叶落殆尽的旗杆下，
在那里没有辉煌夜晚
照亮城市的节日
没有铮铮弦乐和乡土舞蹈。

但现在，男人们
已经去了印度，
在那多风的极顶，
在葡萄山上，
多尔多涅河奔流而下，
与壮丽的加龙河
汇合成汪洋大海。
但大海取得回忆

① 本拉明(Bellarmin)，系荷尔德林诗体小说《许佩里翁》中的人物。——译注

也给予回忆，
爱情也把勤勉的眼睛紧紧吸引。
但诗人，创建那持存的东西。

82 标题《**追忆**》的意思似乎是清晰的。但一经倾听这首诗歌，这个词语就失去了我们所猜度的清晰性。这个标题首先可能意味着：作为这样一个成功的语言作品，这首诗是诗人为了“追忆”过去的“经历”而题献给友人们的。人们也容易发觉，在这里表达了荷尔德林对他在“法国南方”的一次逗留的纪念。荷尔德林致友人波林多夫的两封信清楚地报告了这一番经历；这两封信，一封是1801年12月4日诗人启程赴波尔多之前写的（第五卷，第318页以下），另一封是1802年12月2日诗人回到他母亲家里一些时候之后写的（第五卷，第327页以下）。[①] 如果我们以这些“资料”为线索，来寻求这首诗的“内容”，以获得关于荷尔德林在法国逗留的回忆，那么，我们就能发现一些东西。除了知道这首诗“抒情地”塑造了与诗人给波林多夫的第二封信中以游记形式“散文式地”提到的东西相同的“材料”之外，眼下还有什么更为切近的情况吗？按照这个可想而知的意见，则这首诗就很有清楚的理由拥有这样一个标题。

然而，如果我们假定，这首诗的“内容”并不就是在诗中首先诗意地表达出来的东西，我们也假定，这首诗的标题所命名的，就是

① 海德格尔在本书第五篇文章《荷尔德林的天空和大地》中引用了这里所说的第二封书信，并对之做了解说。——译注

诗人创作时诗意地表达出来的东西，而不是同样在诗中出现的“内容”，那么，这种仓促地附会“材料”的做法，就立即把我们对诗意词语的关注引入歧途了。而这种致力于“内容”的做法，也诱使我们把上面提到的书信仅仅当作荷尔德林生活经历的“原始资料”来加以误用。我们不想这样做。我们必须在书信的词语中觉察某种独具形态的道说，这种道说并非很明确地，或许相反地以另一种方式，道出这位诗人的诗人品格。在第二封信中，荷尔德林写道，法国南方的人们使他更熟悉了希腊人的真正本质。在南国异乡的逗留，对诗人来说首先并且始终蕴涵着一个更高的真理：这位诗人 83
“对”希腊人的疆域的“追忆”。这种“追忆”的本质来源并不在于诗人所报告的在法国的逗留；因为“追忆”乃是这位诗人的作诗活动的一个基本特征，而这是由于对诗人来说，到异乡的漫游本质上是为了返乡，即返回到他的诗意歌唱的本己法则中去。到异乡的诗意漫游也没有以向这个南方国家出游而告结束。《追忆》一诗末节的开头越过希腊更指向东方而达到**印度**了。这首诗的歌唱首先思的是这一遥远的异乡。颂歌《伊斯特河》的第一节给出了暗示：

> 但我们一路歌唱
> 从印度河和幼发拉底河
> 远道而来，……

如果**追忆**就是一种回想，那么，追忆所想的是印度人和希腊人的**河流**。但“追忆”仅仅是一种回想吗？对过去的回忆涉及不可回收的东西。这种东西再也容不得任何追问。于是，在消除掉一切追问之后，“追忆”保存着过去。然而，《追忆》这首诗却在追问。在这首诗中间，作为第四段的开头，诗人提出了下面这个问题：

但这些朋友们在何方？

这个对朋友们的召唤并不是依恋着过去的冥思苦想，想着到底朋友们发生了什么事情。这个问题思索的是：朋友们往哪里去了，朋友们的行进是否以及如何是一种依于源泉的行进。这样一种追问还能叫**追忆**吗？在一种“抒情地”回忆着的回想中，这首诗的最高诗句又该是什么：

但诗人，创建那持存的东西。

在这里，诗人是在“想念”过去，那个因为残留下来而持存着的过去吗？那么，还要一种创建（Stiften）干吗？创建难道不是更多84 地在“想念”未来么？如若这样，那么**追忆**就是一种想念，但却是对将来者的想念。设若这种**追忆**是在先行思念，那么，就连回想也不能想念某个“过去之物”，某个只能获得不可回收之物的消息的“过去之物”。对将来者的“追忆”只能是对曾在者的“追忆”——这里，曾在者在我们的理解中是区别于纯然过去之物的那个还更为本质性的东西。那么，这种模棱两可的**追忆**究竟是什么呢？诗人回答了我们这个问题，他诗意地表达了这种“追忆”的本质。这种本质的诗意真理就是在《追忆》这首诗中诗意地表达出来的东西。这首诗的标题说明：其中诗意地表达的，乃是未来诗人的诗意运思（das dichtenden Denken）的本质。这可是一个不同的东西，不同于所谓的家庭教师荷尔德林对他的旅行记忆的诗歌描绘。

东北风轻轻地吹拂，
那是我最热爱的风，
因为它预兆着
船夫们火热的灵魂
和吉利的航行。

东北风是这样一种风（在斯瓦本语中叫“der Luft”），它在诗人的故乡朗照着“大气”（即天穹），并且使明朗者远远地敞开。东北风的吹拂使天空明亮。它给予太阳的辐射和照耀（天空之火）以一种自由的、清冷的轨道。这种风的鲜明的清晰性把万物的坚定不移的透明性带入大气之中，在那里，一切生命体尤其是大地之子得以呼吸。东北风把一种自由迁徙的持存性投入气候之中，并且使无阴霾的气氛的时间成熟而到时。“这种大气”把神圣的大气即灵魂的姐妹神圣化了，而此灵魂是在我们身上烈火般地作用和存活着的（《许佩里翁》，第一部第二章，见《全集》第二卷，第 147 页）。东北风越过熟悉的疆域而向着西南天空及其火吹拂。谁在那南方疆域上逗留，谁就能从东北风那里获得关于故乡强烈的清冷和清晰性的消息。有一个残篇（海林格拉特版，残篇第二十四，第四卷，85
第 256—257 页）指出了那些椋鸟，它们在橄榄之国培育聪颖的感

觉。所以，它们能感知到故乡，……

> 但如果大气自辟其道，
> 东北风猛烈地吹刮，使它们的
> 眼睛变得勇敢，它们便远走高飞，

东北风把候鸟从异乡召唤到故乡，候鸟便在那里看到并且培育它们勇敢的眼睛的本己之物。风吹拂着。我们也说，风行进着。但在“行进”之际，风并没有消失，相反，这种“行进”乃是风的持存。唯当风“行进”之际，风才持存。东北风轻轻吹拂。这话是关于气候的一个确定陈述吗？一首诗如何能够如此“散文式地”开头呢？这个诗句恰恰是一个对自然的“诗歌式”描写，也许也是为后面的“思想”所作的一个形象化框架。或者不如说，这个诗句打破了一种隐含的寂静，见证着对由某个确实事物带来的幸福的沉思冥想么？这诗句听起来难道不像一种感恩吗？为了正确地倾听随此诗句而起的开端，难道我们不是必须为这首诗歌的开头预先设想一个长长的序曲吗？东北风受到问候：

那是我最热爱的风，……为什么东北风是在所有其他风之前得到独尊的风呢？最热爱这种东北风的人在何方？这里是谁在说话呢？是荷尔德林本身。但此时此际，荷尔德林本身又是谁呢？是在想要这种东北风存在并且作为它之所是而存在这种“意志”中得以实现其本质的那个人。如此这般在某个本身的本质意志中被接纳的东西，就是最热爱的东西。东北风乃是最热爱的风。

因为它预兆着/船夫们火热的灵魂/和吉利的航行。这个对何以要偏爱东北风这回事情的论证的结束语道出了**船夫们**。这首诗歌第四节说的就是船夫们，而且只是船夫们。第五节谈到男人们，86 他们已经从河流的**入海口去了印度**。所以，这里还是指**船夫们**，甚至在以**诗人们**一词结束的最后一节亦然。莫非对荷尔德林来说，“**船夫们**”这个名称是表示**诗人们**的本质词语么？在一个草稿中有这样一些诗句，并不连贯但相互有所呼应（残篇第一、四卷，第237页）：

于是神之气候迅速游移

但你神圣的歌唱

还有你可怜的船夫寻找惯常的歌唱

看吧，那群星。

船夫们就是日耳曼的未来诗人。他们道说神圣者。因此，他们必定认识天空并且了解天空的方向。东北风预先向这些**船夫们**指出**天空之火的火热财富**的本源所在（《泰坦》，第四卷，第208—209页），并为他们提供了通过大海向异乡出游的恩惠。东北风预兆着船夫们在异乡对天空之火的经验。这种东北风“令”诗人们置身于他们的历史性本质的命运之中。由于东北风赠送出这种天命遣送（Schickung）的保证，所以，它是这种诗人的隐蔽的本质意志的真理。凡荷尔德林在这首诗中说我和我之处,[①]他都是以这种诗人的身份在说话。之所以这样,不只是因为这个“单数代词”出现在一首由荷尔德林创作的诗歌中,而是因为这种追忆是向着这种诗人的本质天命(Wesensschickung)作一种回想,而不是回想他的“个人经历”。这位诗人对东北风的偏爱迎候的是在这种风中对
87 时空的安置,而在这种时空中,本质意志乃是到来者“的”意志。但到来的是我意愿的。(残篇第二十五,第四卷,第 257 页)在这里,“意志”绝非意指对某种自私自利地算计的愿望所作的自私的趋迫。意志乃是对归属于命运这回事情的自觉准备。这种意志唯意愿到来之物,因为到来者已经凭一种知识对这种意志有所呼应,并且“令”这种意志置身于预兆之风中。在对东北风的偏爱中起作用的,是对火热的灵魂在异乡的经验的热爱。为了熟稔于本己之物的缘故而热爱非家乡存在,这乃是命运的本质法则;由于这种命运,诗人便被天命遣送到“祖国”历史的建基中去了。在他启程去法国南方之前写给他朋友的那封“书信”中,荷尔德林表达了他对于这种法则的确切知识(第五卷,第 319—320 页):

> 没有比我们学会自由地使用民族性更为困难的了。而且我认为,恰恰是表现的清晰性对我们来说是那样自然,一如天空之火对于希腊人。——但是,本己之物必须像异己之物那样充分地被学会。所以,希腊人对我们来说是不可或缺的。只是恰恰在我们的本己之物即民族性方面,我们不能跟随希

① 前一个“我”是人称代词第一格,后一个“我”是人称代词第三格。——译注

腊人，因为——正如上文所说的——对**本己之物**的**自由**使用是最困难的事情。

这就是诗意地熟稔于本己之物的法则，这种诗意的熟稔是由于异己之物的非家乡存在的诗意通行的缘故。希腊人的本己之物乃是**天空之火**。向他们担保着诸神之到达和接近的光芒和火焰，乃是他们的家乡之物。但是，在这种火中，希腊人在他们的历史的开端那里并没有很在行。为了掌握这种本己之物，希腊人必须通过对他们异己的东西。这就是**表现的清晰性**。对这种表现的清晰性，他们必然会感到诧异并且作好准备，以便借助于它把火带入命定的光亮更为明亮的火焰中。通过这种对他们来说异己的东西，即冷静的自我把握能力，希腊人才占有了他们的本己之物。出于诗意的、运思的、构成性的把握（Fassen）的严格性，他们才能够迎向在一种命定明亮的在场状态中的诸神。这就是希腊人对 πόλις 88
［城邦、国家］的建基和建造，而 πόλις 是由神圣者所规定的历史之本质场所。πόλις 规定着“政治”。这种作为结果的“政治”，绝不能决定希腊人的基础，即 πόλις 本身及其建基。希腊人的虚弱之处在于，他们面对命运及其遣送的过度不能把握自己。希腊人的伟大之处就是，他们已经学会对他们来说异己的东西，即自我把握能力。

而与之相反，德国人的**禀性**则是**表现的清晰性**。把握能力，预先形成谋划，建立轮廓和框架，提供范围和专业，划分和分割等等，整个就把德国人卷走了。但是，这一天赋是如此长久地没有真正成为德国人的本己之物，以至于这种把握能力没有被遣送到这样

一种急迫中，即去把握不可把握之物并且由于不可把握之物而把自身带入“状态”（Verfassung）之中。德国人必须面对的对他们来说异己的东西以及在异域必须经验的东西，乃是**天空之火**。在由天空之火带来的震惊状态之急迫中，德国人才不得不去掌握他们的本己之物，不得不需要使用他们的本己之物。因此，根据在德国人时代里诗人的诗句来看，**总的趋势必然是**：**能够击中什么**，**拥有命运**，**因为无命运**，**即** δύσμορου，**正是我们的弱点**。这个评论可见于荷尔德林对他的安提戈涅译文所作的考察中。（第五卷，第258页）

一个历史性民族的**禀性**，唯当它成为民族之历史的历史性因素时，才真正是本性，亦即本质基础。为此，民族的历史必须处于其本己之物中，并且在其中栖居。但是，人如何栖居在这片大地上呢？荷尔德林有一首后期诗歌，标题为《在可爱的蓝色中闪烁着……》，这首诗的来历模糊不清，但就其真理性而言，如若诗人没有清醒的精神，那它就是不可思议的。这首诗中有这样一句诗（第六卷，第24—25页）：

89 充满劳绩，然而人诗意地
栖居在这片大地上。

这个诗句包含着一种对先行承认的东西的限制。诚然，人在其活动中创造作品时是**充满劳绩**的；人有所操办，从而把自身树立在大地上，因为他加工大地，耗费和利用大地，以达到保护自己、推进和保障其劳作效果的目的；这些都是不可忽视的。**但是**——这一切已经是一种栖居，一种让人熟稔于他所依据的真理的栖居吗？一切劳作和活动，建造和照料，都是“文化”。而文化始终只是并且永远就是一种栖居的结果。这种栖居却是**诗意的**。可是这种诗意如何而来，从何而来，何时到来？它是一种诗人的制品吗？或者诗人和诗意总是由诗来规定的？但诗的本质为何？谁来规定诗之本质呢？这种本质可以从人在这片大地上的诸多劳苦功绩那里得知吗？似乎是这样的，因为现代的意见把诗人看作创造性的创作者，把诗计入文化活动中。然而，如果按我们这位诗人的诗句来看，诗意是与一切**劳苦功绩**相对立的，而并不属于人的劳苦功绩，如果诗意也不是自在地在某处现存的东西，那么，人们又如何能够经验这种诗意，从而在这种诗意的本质法则中栖居呢？要不是诗人，谁又能够去思诗的本质呢？看来必定是诗人才显示出诗意本身，并把它建立为栖居的基础。为这种建立之故，诗人本身必须先行诗意地栖居。诗人能够在何处逗留呢？诗意的灵魂如何以及在何处寻获它的故乡呢？

因为灵魂并没有在开端中居家，
并没有依于源泉。故乡使灵魂憔悴。

灵魂热爱殖民地，和勇敢的遗忘。
我们的花朵和我们森林的阴影欢欣于

受煎熬的灵魂。生灵几乎淹没在汹涌澎湃中。

这些诗句是哀歌《面包和美酒》末节的一个后期草稿。① 它们道说的是**灵魂**和**生灵**。灵魂乃是认识着的意志，它想到这样一回事情，即：能够成为某个现实之物以及可能是某个现实之物的任何事物都进入其本质之真理中。灵魂思考一切现实所应有的出于其本质统一性的现实性。灵魂是有关本源的认识着的意志。灵魂之为灵魂，乃是对于万物来说的灵魂。**思想的共同灵魂**先行于现实而思考现实之现实性。从现实事物方面来看，现实性乃是一个非现实之物，它首先在其真理中被抛向这种真理而自身固定于其中。如此自身固定之际，现实的本身非现实的现实性，就是最初的诗意
91 创作物。思想的共同灵魂是诗意地创作着的。如果说**灵魂**始终要成为在这片大地上的某个人类的历史的"灵魂"，那么，灵魂的诗意地创作着的思想就必定自身聚集和完成于诗人心灵中，只要这个诗人在大地上但却越出大地显示出天空，并在这种显示中首先让

① 弗里德里希·**巴斯纳**发现了这些海林格拉特尚未整理出来的诗句，并在其重要著作《荷尔德林的希腊文翻译》中（1933 年，第 147 页）首次把这些诗句公之于世。巴斯纳也认识到了这些诗句对于探讨荷尔德林与"赫斯佩里恩和希腊"的关联问题的重要性。——在何种程度上这些诗句所表达的历史性法则，可以从谢林和黑格尔的德国绝对形而上学的绝对主体性原理中推导出来（根据德国绝对形而上学的学说，精神的寓于自身的存在预先就要求向自身返回，而且这种返回又预先要求自身之外的存在），在何种程度上这样一种对形而上学的提示（即便它找到了"历史学上正确的"关系）揭示了诗意的法则或者并非愈加掩盖了这种法则，这些问题还仅仅被提了出来，有待我们加以思考。此外，我们还必须看到，在荷尔德林研究领域里已经得到广泛讨论的有关这位诗人的"西方转折"的问题（是否避开希腊文化而转向基督教，是否以一种变化了的方式朝向这两者），已经作为问题过于简略地被思考了，并且依然悬于"历史学的"现象的外围工事中。因为荷尔德林虽然发生了变化，但并没有发生转向。他只是在变化中才发现了他始终关注的本己之物。随着他的变化，关于希腊文化、基督教以及东方的一般真理的认识也发生了变化。通常的历史学考察的领域和年代，在此失效了。——原注

大地在其诗意的天穹中显现出来。为诗意创作的灵魂所激励，诗人的心灵就是生气勃勃的，因为诗人命名着现实之物的诗意基础并凭借其被显示的现实性才把现实之物带向“本质”。诗意创作的灵魂通过**生灵**建立着大地之子的诗意栖居。所以，**灵魂**本身必须首先在有所建基的基础中栖居。诗人的诗意栖居先行于人的诗意栖居。所以，诗意创作的灵魂作为这样一个灵魂本来就**在家里**。但即使是树，自从它开始生长以来，也是植根于其基础，而不是离弃这个基础。即使是动物，在开端时并在开端过程中，也多半生活在蛋卵中。即使无生命的物，人手制作的物，在开始时首先也出现在其产生的基础中，然后才得以离开这种出现，通过制造而在被加工的质料中达到它的完成。生命体和无生命的东西，至少在其开始时——尽管以后不再那样——总是现身于它的起源处，并在此时最完全地内在于这种起源处。根据相似性——人们喜欢以之为主导线索来思考一切现实之物——上述情况也是适用于灵魂的，并且首先是适用于灵魂的。因为灵魂在人的时代容易戴上“创造者”和“天才”的外貌。但一切“创造者”必定在其产生的基础中有其家园。要不它何以能够生长而成其伟大。看起来，仿佛灵魂作为“生命体”必然比植物更具有植物性，比动物更具有动物性似的。然而，灵魂毕竟是灵魂。灵魂的诗意创作有其自身的法则。

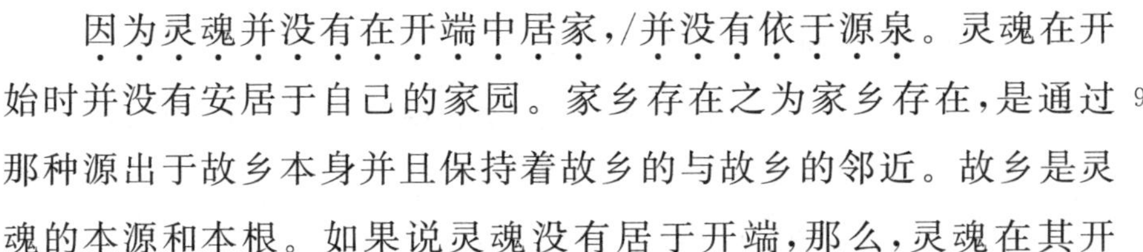

因为灵魂并没有在开端中居家，/并没有依于源泉。灵魂在开始时并没有安居于自己的家园。家乡存在之为家乡存在，是通过 92
那种源出于故乡本身并且保持着故乡的与故乡的邻近。故乡是灵魂的本源和本根。如果说灵魂没有居于**开端**，那么，灵魂在其开

始——此开始在这里意思就是开端[①]——之际也就没有依于源泉。所谓“没有依于源泉”绝不仅只包含对前面的“没有在开端中”的有所不同的重复,因为诗句中第一个“没有”否定的是前面的“居家”。而第二个“没有”否定的是后面的“依于源泉”。所以说,“居家”中的家乡存在就在于,诗意创作的灵魂逗留在“源泉”的近邻。但是,为什么诗意创作的灵魂,亦即生灵开始时没有依于源泉而在呢?

故乡使灵魂憔悴。灵魂之为灵魂,即便在其开始之际就已经敞开而进入敞开域之中,否则灵魂就不是灵魂了。因此,对认识着的意志来说,它的故乡在开始时也就降临到它那里。但因为故乡乃是本源,故乡才首先必然地以锁闭自身的方式到来。因为本源首先在其起源活动中才显示自身。但这种起源活动的最切近的东西是它的起源物从自身那里释放出来了,尽管它在这种起源物中并没有显示自身,而是自身隐匿和退隐于其显现后面。最切近的家乡因素并不就是故乡之切近。然而,由于灵魂的自我开放意味着开始时在得以起源的家乡因素中直接把握故乡,所以,灵魂恰恰不能找到故乡,因为故乡逃避这种把握意愿。关注家乡因素并且在其中意求着故乡,灵魂在开始时就被故乡所摈斥,并且被推入一种愈来愈徒劳无益的寻求之中。这样,灵魂由于自己的想直接在本己之物中居家的意志,就很快消耗了他的本质力量。自身锁闭的故乡乃是憔悴于灵魂的故乡。故乡的精力衰竭威胁着诗意创作

① 这里的“开始”原文为 Beginn,“开端”原文为 Anfang。——译注

的灵魂。这种精力衰竭意味着本质之丧失。但即使是现在，灵魂作为有关本源的认识着的意志也是趋向于故乡的，以至于正是这 93
种趋向让意志在灵魂中苏醒，专门为故乡之故寻找非家乡存在，后者已经把自身锁闭的故乡带向灵魂近处。这一点之所以发生，是由于灵魂在其本质意志中，占据了那种本质上保持非家乡存在的东西。此乃异乡，而且是那个同时让人思念故乡的异乡。

灵魂……**热爱殖民地**。殖民地是归祖国所有的属地。由于灵魂热爱这种性质的土地，所以灵魂只是间接地、隐蔽地热爱母亲。母亲是故乡的土地，按颂歌《漫游》(第四卷，第 170 页)来看，它却**是很难赢获的**，**被锁闭的东西**。因为灵魂不仅仅是逃入某一异邦，而是**热爱殖民地**，所以，如此这般热爱着，它在一种根本意义上是**没有居家的**。

和勇敢的遗忘。灵魂也热爱勇敢的遗忘。灵魂并不是此外还热爱勇敢的遗忘，而是出于对殖民地的爱。这一“**和**”意味着：“而且因此”，灵魂为这种爱之故“也”热爱一种遗忘。这种遗忘是什么呢？我们多半知道那种“不再想得起来”意义上的遗忘。遗忘犹如某种追忆。可以说，“遗忘”意谓某种东西在我们面前消失和已经消失了；但也可以意谓，我们让某某东西在我们面前消失了，甚至把它逐出了感觉。遗忘既是一种失落，又是一种摈斥，也可以是两者之结合。如果我们在遗忘中使某某东西离开了我们，那么，它就容易变为其他东西，这个其他东西就会把我们截获，以至于我们这当儿“遗忘了我们”。在所有这些遗忘方式中，遗忘始终是一种行为，即我们所作出的一种行为或者我们所参与的一种态度，因为我们遗忘某某东西，就某些东西而言是太易于遗忘了。但它还是另一种遗忘，在这种遗忘中不是我们遗忘某某东西，而是某某东西遗忘我们，以至于我们成了被遗忘的东西——被命运所遗忘，从而不
94 再接受任何天命，而只是在怯懦地逃避那个正在发生的本己的本质来源过程中来回推动。与之相反，**勇敢的遗忘**却有其来自隐蔽的爱的特征，这种爱即是对于本源的热爱。关于那个在行为和忍受中先行限定一切的东西的知识也是勇敢的。由于这种知识，勇敢本身就是一种高贵，有别于那种昂扬的追求热情意义上的单纯"勇气"。勇敢乃是认识着的勇气。在其认识中包含着标志勇敢者之特征的宁静、慎思和恒心的基础。**勇敢的遗忘**是勇于去体验异乡的有意识的勇气，为的是将来占有本己的东西。在此期间，诗意创作着的灵魂的勇敢已经体验了入于异乡的长途行驶。灵魂已经返乡，因为它热爱殖民地。

我们的花朵和我们森林的阴影欢欣于/受煎熬的灵魂。诗意创作着的灵魂在开始时，其能力就为自身尚锁闭着的故乡所憔悴了，现在则被煎熬于天空之火照耀之下的异乡。这火已经使灵魂了解到，火本身是从异乡被带回到故乡的，这样，那里的本己之物，即清晰表现的能力，才在与火的关联中释放出它的本质力量，目的是为了把这种本质力量系缚到有待表现的东西中去。在本己之物的释放中，故乡开启自身并引向其所有物，好让它获得占有。现在，**我们的**花朵和**我们的**森林呈送出欢乐，而欢乐的本质乃是保护真实，并且在这种庇护中给予真实以自由的使用。土生土长的阴影带来柔和的冷静，带来对异乡之火的炎热的防止。土生土长的

花朵带来温柔的闪烁，带来对异乡之火的光亮的防止。在庇护到向自身开启的故乡的返回中，诗人认识到，他在那里没有亲近于它的本源而在异乡**几乎烧焦了**。但是这种认识同时动摇于这样一种知识，即：没有这种被经验到的火，诗人也会具有表现的清晰性，而后者并非作为柔和的清凉和温柔的闪烁的本己之物。把人的栖居 95
建立为一种诗意的栖居的诗意创作的灵魂，本身就必然先行诗意地创作之际居于本质的法则之中。未来诗人们的诗人世界的这一法则乃是由他们建立的历史的基本法则。历史之历史性的本质在于向本己之物的返回，这种向本己之物的返回唯有作为向异乡的行驶才可能是返回。因此，诗人们必须首先是**船夫们**，船夫们向东北风的恩惠的航行保持着向天空之火的国度的正确方向。

东北风轻轻吹拂，这个诗句是对风的到来的欢迎，风之到来是由于它“前行”，而在“前行”中风也才持存。但东北风究竟如何能持存呢？

> 但是现在只管前行吧，去问候
> 美丽的加龙河，

但是现在只管前行吧——诗人是在请求东北风不要吹拂就离开而留下一种无风状态么？或者，“**现在**……**前行吧**”倒是在说：现在不要继续在你的吹拂中迟疑，现在向我吹拂吧，向欢迎你的到来，并且赞许你的此时此刻的我吹拂吧？不过，何以有这个“但是”呢？因为诗人现在自己落后了，他是作为落后者来作诗的。“**但是现在只管前行吧**”指示着“法国南方”方向，却作为持存者的诗句间接地命名着这样一个位置，由此位置出发，诗人才说“东北风轻轻吹拂”。假如这个诗句贯穿了整首诗歌，那么，在“但是现在只管前行吧”中，这种诗的地点和时间就被确定下来了。落后的诗人不再属于出航的船员。莫非是他厌倦于漫游了？抑或他经过已有的向异乡的“吉利的航行”勇敢地返乡了，并且对于在家乡的持存来说变得足够强大了？其实，持存并非一种离弃的剩余，也不是毫无主
96 张地坚持某种毫无经验的事情，而是那个寻求适宜之物(*das Schikliche*)并且因此变得富于经验的遥遥地到达者的返回(《伊斯特河》，第四卷，第 220 页)。熟稔于本己之物的这一个条件，即向异乡的航行，就得到了满足。但是，如果被经验到的东西(即天空之火的光亮和炎热)得到保持，从而诗人得以在对这种被经验东西的表现中学会对本己之物的自由使用，那么，这种满足就还只是满足而已。已经到达的落后作为返回必然始终回想并且追忆着天空之火。然而，这种追忆不可能是对某个过去之物的单纯呈现。如果是“天空之火”首先让一切表现获得其结构，那么，它必然还持久地现身在场着。对“曾在者”的追忆，也即对已经达乎其本质现身的东西的追忆，乃是一种独特的追忆。

但是现在只管前行吧，去问候……——追忆乃是一种问候。落后者需要东北风，虽然不再是为了向异乡航行，却还是需要这种东北风。东北风成为问候的使者。从对无思想的交往的耗尽了的空洞问候，到真正的问候的稀罕，甚至到这种诗意创作的问候的唯一性，我们发现有许多个阶段。在问候中，问候者虽然只命名他自身，但仅仅是为了说，他自身无所求，而是给予被问候者以一切它

应有的东西。真正的问候赞许在其本己之物中的被问候者，却顺应于与其不同的、也即疏远的意志的归属性。问候展开着被问候者与问候者之间的遥远距离，从而在这种遥远中建立了一种切近，这种切近不需要死乞白赖的强求讨好。真正的问候赋予被问候者以对其本质的赞许。真正的问候偶尔让被问候者在本己的本质光亮中放光，于是它就失去了虚假的同一性。真正的问候把这种被认为是“非现实的东西”带到显赫位置上，与单纯的“现实的东西”相对待。纯粹而素朴的问候是诗意的。它对被问候者的**思念**让被 97
问候者源始地进入其本质的高贵中，这样，它作为被问候者此后就在问候中具有它的本质之所了。现在，被问候者作为被问候者又来问候问候者，而本身并非还需要一个使者。问候乃是一种**追忆**，其神秘的严格性把被问候者和问候者放回到它们本己的本质中庇护起来。问候自身无所求，而因此恰恰接受那促成问候者进入其本己本质之中的一切。让问候乃是向本己之物的落后的返回。

去问候/美丽的加龙河，——诗人首先让河流得到问候。河流之魂乃是诗意的灵魂。在对河流的思念中，诗人思那些处于诸神与人类之间的“标志”，亦即显示者。在对莱茵河的河流本质的诗意表达中，荷尔德林首先把河流在无光的泉源中的翻滚命名为“**半神的狂怒**”（《莱茵河》，第四卷，第173页），之后在第十节开头又说：“**现在我思念半神**”。因此，诗人也必然在同一个“**现在**”中——此时他在其本质之所问候之际落后了——首先思念河流。在异乡风光的林林总总的事物中，加龙河成为首先提到的东西，这并不是偶然的。加龙河是“美丽的”，按照颂歌《伊斯特河》的诗句来讲，它是“风光旖旎”的。河流之魂使土地变得**可耕种**和可栖居，它在等级上必定首先是受到问候的，因为从它而来，被问候的土地才以其美显示自身，也即在其“存在”中显现出来：

去问候
美丽的加龙河，
和波尔多的庭院
在那里，在陡峭的河岸
蜿蜒小径曲折延伸
小溪跌入幽深的河流
而在小溪之上，有一对
名贵的橡树和白杨在张望；

98 谁想在这里沦于一种冗长繁琐，任何时候都是贫乏空洞的谈论中呢？谁又想用纠缠不休的描述来使质朴单一的言说变得丑陋不堪呢？在诗意的问候中获得呈现的纯粹地产生出来的东西，就其本身来说并不需要我们的谈论。相反地，我们倒是需要某些评论，以便让我们注意到上面所说的东西作为被问候者是如何显现出来——这个被问候者又去问候这位问候着的诗人，从而使这位诗人能够保持在对其诗人天职的沉思冥想中。诗之言说不可漂浮于一种诗歌的风光描绘。诗意创作物是从首先被问候的河流灵魂而来围绕河流被安排起来的。

和波尔多的庭院/在那里，在陡峭的河岸——这个城市及其庭院并不是与河流并列一道被命名出来的，不如说，河流作为开辟耕地的灵魂，显现于在河岸旁建立起来的庭院中，而城市就造在庭院之间。河岸是陡峭的。河流在其主河道上流动，因为它对它的使命是确信的。在河岸边

蜿蜒小径曲折延伸……——不是“某一条”小径，而是这条狭窄而模糊的小路，这条沿着陡峭的河岸延伸的小径始终是切近的，并且由于这种切近而与河流之魂的流动亦步亦趋。只要人在荒野之地的居住必定是一种诗意的居住，则这条小径就作为人的小路而被指引到诗人之魂那里。

小溪跌入幽深的河流——小溪是一条细小而平缓的水流，其底部往往在被冲刷过的山岩上显露出来，它必定从高处流下来，出于群山而匆匆地汇入宽阔河流的幽暗深处，并且通过河流才在大海中获得了它的使命，而船夫们穿越大海进行通往“殖民地”的航行。

而在小溪之上/……在张望——在河流和庭院之上，在城市、小径和小溪之上，但又处处受河流及其河岸规定的，是一种张望，
是一道自身开启的目光，而敞开域就是围绕这道目光聚集起来的。99
这些闪光者和一切保持敞开的东西乃是“一对名贵的橡树和白杨”；这两棵树是不一样的：一棵坚硬，树冠蓬勃而幽暗；另一棵则是细长耸立，温柔腼腆而光亮的。但是，它们共属于它们的高贵的那一个敞开者，这种高贵知道什么是尊严，而且因此唯由于它敞开的目光而能够赞赏河流以及居于河流之美中的一切。这高贵的一对的那种敞开的张望看护着河流之魂的本质和天职。在这种问候

的沉默中（这种问候是问候河流高高的岸边树林中的“高贵的一对”），诗人思念那永久的告别，而此种告别成了他的诗人世界的开端。

这的确令我记忆犹新……

问候把被问候者很好地保持在追忆中，它还没有被遗忘，它也是不能被遗忘的。因为被问候者向着问候者思念自身。所以，这种问候压根儿不是它自己的作品。难道问候者之所以能够问候，只是因为它本身是被问候者，是就其历史性的本质而被招呼，并且在其诗意的本质中受到赞许的东西吗？不是诗人向被问候者思念自身，而是**这个**被问候者向问候者**思念**自身。**东北风**绝不只是让诗人得以问候的使者。东北风乃是先于一切被问候的东西，因为这种风由于它的吹拂为诗人照亮了他的诗人世界的地点和时间，诗人才得以同时**思念**曾在者和到来者，甚至不妨说必须去思念作为到来者的曾在者。“**这的确令我记忆犹新**”是一个插入句，它似乎打断了问候和在被问候者那里的逗留。但实际上，它把被问候的曾在者结合到问候着的到来者中去；因为在本己的诗人天职的学习中，有一个到来者，它同时也首先让家乡成为一个到来者。这
100 个从第一节向第二节过渡的插入句就像一次吸气，为的是让问候着的东北风向诗人吹来的那个东西达乎至高的出现。虽然这种风离开诗人而“前行”。但这乃是追忆的**奥秘**之一：追忆乃趋向曾在者的思念，这个曾在者本身却在趋向它的思念中，从相反方向回到思念者。这当然不是为了现在作为一种当前之物而置身于某种单

纯的呈现过程的当前之中。当对曾在者的思念让曾在者获得其本质，并且通过一种对某种当前的过于匆忙的清算而并不破坏它的运作，这时我们就获悉，曾在者在其返回时在追忆中越过我们的当前现身而漂浮出去，并且作为一种未来者到达我们这里。追忆突然地必须把曾在者思为一个尚未展开的东西。问候认识到，它必然要在问候之际思考那向着它而思念自身的东西，即那个已经被问候者

> 榆树宛若宽大的顶峰，
> 掩映着磨坊，
> 但庭院中长着一棵无花果树。

这是对磨坊和庭院的思念。乡间人们的劳作和居所得到了问候。但为什么是磨坊呢？它是诗人所偏爱的东西吗？在哀歌《漫游者》（第四卷，第 104 页）中，这位返乡的漫游者恰好也问候了磨坊：

> 永不停息的磨坊在远处隆隆作响，

被问候的异乡的磨坊还使人想起了故乡。但是，诗人所觉察到的只是磨坊的不息运行吗？诗人不也觉察到了那永不停息的磨坊所忙碌的东西么？磨坊提供谷物（“果实”），并且为提供面包而效力。为了面包之故，这位必须思天国神灵的诗人思念着人之忧心的这个作坊（《面包和美酒》，第四卷，第 124 页）：

101 面包是大地的果实，却受光的赐福，

受到赐福的**果实**在其中得到照管的那个作坊，本身必须得到保护，免受太过强烈的光和急风暴雨。榆树林起着保护作用。在后期的一个残稿（残篇第十，第四卷，第244页）中以及在别的地方，诗人也命名了沙沙作响的榆树，在榆树的阴影中，就有对过度的火焰的防护。就连这一最不起眼的词语和每一个似乎只是为“诗歌的”点缀而构成的“形象”，也是一个问候的话语。它**追忆**着说话，并且把曾在的异乡和将来的家乡置回到其源始的相互归属关系中来思考。

但庭院中长着一棵无花果树。这个“**但**”听起来是夸张的，因为它在我们几乎不寻求对立的地方设立了一种对立。**磨坊与榆树林**，**庭院与无花果树**，如何不会和睦共处呢？这同一首哀歌《漫游者》几乎以相同的样子命名了**庭院**：

……在那里小树丛俯首问候
敞开的庭院之门，……

在问候着的追忆中的“**但是**”问候着南方土地。这个“**但是**”把关于**无花果树**的追忆引向南方天空的欢乐。接着的诗句也纯粹是倾听这一指引的。它们不再需要依赖于那个引出诗节的插入句了。因为问候必须圆满实现，所以，现在问候完全归属于问候者。这个被问候者最后显现于首先得到问候的诗意的河流之魂所特有的东西中。

节日里
棕色的女人们在那里行走
在锦绣的土地上，
在三月季节，
夜与昼长短相若，
在静缓的小桥上，
熙风充满金色的梦幻，
徐徐地吹拂。

在一种独一无二的、神秘地绷紧的弓形摆动中，这些诗行被组 102
合起来，以适应这一种对整一(das Eine)的思念，而问候就是向着这个整一的思念。**节日里**——这个句子并不是由前面所说的东西准备出来的，而仿佛是纯粹偶然地开始了对**节日**的命名。现在，诗人的作诗活动对于任何诗句来说都不再容许一种偶然性和一种救助，这时候，诗人为什么要思念**节日**呢？诗人之所以命名这个节日，是因为他思念着**棕色的女人们**吗？女人们在节日里盛装而美丽非凡。但是，诗人为什么要思念女人们呢？或许在这样一个“诗歌”段落中，是几乎用不着对此做某种论证了。只不过，即使在这里，也没有任何对于“土地和人们”的“动人的”描绘，并没有什么“诗艺”(Poeterey)，而只有作诗(Dichtung)。荷尔德林不是因为思念女人们才提到节日，而是因为他总是思念节日才来命名**棕色的女人们**。但这是何故呢？

节日是欢庆的日子。“欢庆”首先意味着中止日常行动，从繁忙的劳作中安息下来。因此，由于节日只是牵涉到工作日，节日就

有可能仅仅被当作工作时间的中断。进而，节日是工作进程中的一种交替，最后还是一种特地设立的为工作服务的休息。但是，严格说来，欢庆不同于一种空洞的中断。在对工作的单纯中止中，克制就可能是决定性的。我们在克制中达到我们本身，并不是我们自私地转向我们的“自我”。而毋宁说，克制乃是投置到一个几乎未被经验的领域中去，我们的本质是从此领域而来得到规定的。由于这样一种投置才开始了惊奇，或者还有惊恐，或者还有后悔。每次都出现一种沉思。在人周围就有了一片敞开。但是，我们在其中已经习以为常的现实之物却不能使这个敞开者保持下来。唯有异乎寻常的东西才能照亮敞开者，因为异乎寻常的东西以其稀
103 罕的质朴性而具有它隐蔽的尺度，在其中，惯常的现实之物的现实性得以隐蔽自身。异乎寻常的东西不能在寻常之物中直接地发现和把捉到。异乎寻常的东西开启自身，而且唯在作诗中（或者与之鸿沟相隔，在它那个时代的“思想”中）开启敞开者。欢庆是那种日子的异乎寻常的东西的开放，这种日子不同于日常生活的无光彩的灰暗，乃是光亮的日子。仅仅限于工作之中止的欢庆活动，本身并不具有它能够欢庆的东西，因此本质上并非一种欢庆。欢庆只是由它所欢庆的东西来规定的，这个东西就是庆典。庆典来自何方？对这位**思念**节日的诗人来讲，庆典是什么呢？在这位诗人的诗意意义上的庆典，乃是**人类与诸神的婚礼**。[①] 颂歌《莱茵河》第十三节（第四卷，第 178 页）说：

① 在字面上，“婚礼”（das Brautfest）即是一种“庆典”（das Fest）。——译注

而后，人类与诸神欢庆婚礼

荷尔德林的“**庆典**”一词具有一种高深而又质朴的含义。**婚礼**是人类与诸神的相遇，这是那些介于人类与诸神之间，并且忍受着这种“中间位置”的人们的创生之源。他们是**半神**，是**必定成为标志**的河流。（《伊斯特河》）这些显示者就是诗人。[1] **婚礼**的日子，即**喜日**，决定着诗人的生日，也即那样的白昼，在其光亮中敞开者自身澄明，从而诗人看到了他的话语必须道说的东西，即**神圣者**。因此，这位诗人的第一首颂歌可以这样来呼唤：

但现在正破晓！……
神圣者就是我的话语。

这首颂歌就是以下面的诗句开头的：

如当节日的时候……

按规矩，这个开头似乎要引出一种比较。但在这里却另有一番思索。**节日**直接关系到半神的诞生，因而也关系到**婚礼**。显然，忧虑和恐惧充斥着半神，因为他作为显示者，必须区分并且遵守介 104
于人类与诸神之间的中间地位。**庆典**由于其必然性适应于一种隐

① 此句中的“显示”（Zeigen）与上句中的“标志”（Zeichen）有意义联系，“标志”亦是“显示”。——译注

蔽的急迫性。所以，同样思及标志这个题目的赞美诗《回忆》的草稿说到这种标志(第四卷，第 225 页，第 369 页)：

喜日是多么美丽
但我们为荣誉而忧虑。

我们乃是先行被说出的东西：

我们是一个标志，

半神超出人类之外，或许太容易地不愿容忍诸神的那种无可比拟性(《莱茵河》，第八节，第四卷，第 175—176 页)，因而同时以人的尺规度量自身。源出于这种庆典的半神，太容易为一方所获得，那是一种过于贪欲的获得(《回忆》，第四卷，第 225 页)。这样一来，他自身的本质在被扯引到一方(神之本质或者人之本质)那里之后，就可能落入一种分裂并且被抛入一种怀疑之中。

但是，至高者是无疑的。

至高者最切近于至高之物。[①] 而这种至高之物乃是神圣者，是那种不同于人之法则的法则。从人之法则来看，神圣者在一切

① 此处“至高者”(der Höchste)与“至高之物”(das Höchste)两个名词仅有定冠词的差别。——译注

法规(*Sazungen*)面前设立的方式,**几乎不**能叫法则,因为这种方式乃是命运的派送。但由于分裂性的向着一方的贪欲,半神应遵守的中间地位被毁损了。这个中间地位的敞开者锁闭起来了。由于这种锁闭状态,**超出人类与诸神**而让两者的中间地位得以涌现出来,把人类和诸神派送到这一中间位置中,而且使它们在其中相互递送的那个至高之物,就变得不可达到了。这一由神圣者所派送的中间位置就是庆典。庆典之为庆典,在**神圣者**中有其规定根 105
据。神圣者让庆典成为婚礼。这样一种让某个在其本质中的现身之物成其本质的作用,乃是源始的问候。庆典是问候之发生,**神圣者**就在其中问候并且在问候之际显现出来。通过在婚礼中如此这般被问候的东西,源出于婚礼的半神就是真正被问候者。唯当来自**喜日**的半神之本质纯粹在其规定性中浮动时,喜气洋洋的婚礼才适合于欢庆。然而,半神之本质乃是:遵守与诸神和人类**不相类同的东西**。成为这种不相类同的东西——向着天空和向着大地——这乃是赋予半神的那个本质所要求的。保护这个本质就是命运性的东西。所以,当且唯当不相类同的东西成其本质时,命运才获得了它的平衡。在这里,平衡并非使……变成无差别之物,而是让在其差别中的差别之物同样地运作。平衡并非对差别的消解,而是诸神和人类向本己本质的返回。不相类同之物的持存就植根于在这样一种返回中。当不相类同者持存之际,就只有那个片刻间,即命运能纯然地逗留于其中的那个片刻间[①](《莱茵河》,

① 此处名词"片刻间"(die Weile)与动词"逗留"(verweilen)有共同词根,因而有字面和意义上的联系,但中译文无法显示这种联系。——译注

第十三节，第四卷，第 178 页）：

而后，人类与诸神欢庆婚礼，
普天同庆，
并且命运的片刻间
获得了平衡

逗留着的命运的片刻间乃是真正的持存的尺规。这个片刻间向一种思想显现出来，永远只是显现为一种“单纯的”的片刻间；而这种思想关心的是对现实之物的一种不固定的固存保证，并且只按其持续来衡量现实性。片刻间被当作时间上的片刻，并且对延续者置之不顾。但是，获得了平衡的命运乃是庆典的时间。它的逗留有自己的方式。我们在“以及如此等等”（Und-so-weiter）的
106 单纯持续中来寻找惯常的延续。如果说这种单纯持续能够放弃开端和结果，那么，无开端、无结尾的延续就达到那种最纯粹的持存的显露。然而，在算计的视野中短暂地延续的东西，能够以那种向命运派送之本质返回的片刻间的方式，超过一切纯然延续的“以及如此等等”而延续下来。这种片刻间的唯一性不需要返回，因为它作为曾在的片刻间厌恶任何“重演”（Wiederholung）。但唯一者的片刻间也是不可超过的，因为它面对到来者而逗留，从而一切到来者都在曾在者之唯一性的片刻间中才有其到达。片刻间既非有限亦非无限，它在这些尺规之前逗留。这种片刻间庇护着宁静，而命运的一切派送都在此宁静中得以保持。神圣者祝祷这种片刻间才使之达乎本质，神圣者于是达到这种片刻间（第四卷第 354 页）：

于是响起天国的婚曲。

从这种片刻间之宁静中，才首先产生出单纯事件的一切运动。与之相反，任何一个事件凭借自身都找不到返回这种片刻间的道路。首先由神圣者派送出来的庆典保持为历史的本源。历史乃是“事件之聚集”，正如山脉之于群山，①历史乃是天命之命运发送的源始地统一着和规定着的基本特征。但如果说庆典是某种人类的历史的本质来源，而且如果诗人来源于庆典，那么，诗人就成为某一种人类的历史的奠基者。诗人造成**诗意的东西**，历史性的人类以这种诗意为基础，就栖居于这种诗意之上。喜日的庆典是历史“的”隐蔽生日，在这里也就是德国人的历史的隐蔽节日。因此，**君王和民众**的历史就服从**日耳曼人的节日**的欢乐的法则，而且只服从这些节日。（《日耳曼尼亚》，末段，第四卷，第184—185页）诗人置身于东北风的吹拂中，是神圣者的问候所问候的东西。所以，诗人必须欢迎那种使他受到本质规定的风；所以，诗人通过这种风让 107
曾在者来问候。诗人在对到来者的想念中想念曾在者。到来者乃是神圣者，它在到达之际备下庆典的喜庆。让曾在者在其本质中来问候的那种问候，因此必须想念那曾在的庆典。所以，诗人想念节日。节日乃是庆典的前日。在对节日的命名中，婚礼庆典以隐瞒方式并因而在最高的畏惧中得到了命名。

① 德文名词的“历史”（die Geschichte）与动词“发生”（geschehen）和“堆叠、形成地层”（schichten）有词根上的联系，前缀Ge-又有“聚集”之义，因此“历史”就是“（发生）事件之聚集”（das Geschicht），犹如“山脉”（das Gebirg）是“群山”（die Berge）之聚集。我们权且译为“事件之聚集”的das Geschicht一词是海德格尔生造的。——译注

但因为庆典乃是婚典，所以，诗人从对庆典的想念中回想起女人们。

节日里
棕色的女人在那里行走
在锦绣的土地上，

女人们——这个名称在这里还具有早先的音调，它指的是女主人和女牧人。但现在，它是在与诗人的本质诞生的唯一关联中得到命名的。荷尔德林有一首诗，是在其颂歌时期之前不久并且在向这个时期的过渡中写成的；在这首诗中，荷尔德林道出了我们要知道的一切（《德国人之歌》，第十一节，第四卷，第 130 页）：

感谢德国女人！她们为我们
保存了诸神形象的美好精神，

对诗人本身还掩盖着的这些诗句的诗意真理，后来由颂歌《日耳曼尼亚》揭示出来了。德国女人们拯救诸神的显现，使得这种显现保持为历史的发生事件，而这个发生事件的片刻间是不能通过时间计算来捕捉的，因为时间计算充其量只能确定“历史学上的境况”。德国女人们把诸神之到达拯救入一种美好的光明的温和之中。她们从这一事件中获得可畏性，而这种可畏性的恐怖引向无度，无论是在对诸神之本质及其场所的感受中，还是在对其本质的把捉中。对这种到达的保存乃是对庆典的不断的共同准备。不

过，在《追忆》一诗的问候中，并没有指出德国女人们，而是指出了 108

棕色的女人在那里。这令人忆及南方的国度，在那里，天空之火的元素发射出一种过度的光亮，并且通过其灼热而使它所遭受的东西面临几乎烧焦的危险。但正如在对磨坊、榆树和庭院的命名中，有一种对异己之物的回想从对家乡之物的预思而来在说话，同样地，在这里，棕色女人的问候是一种完成了的追忆。为了使远方保持在它在切近中的遥远在场，诗人说了这个“在那里”，这个词对今人的耳朵来说简直是公文和商务语言。[①] 不过，问候的诗意如此直接地贯通着诗节，以至于它与“乏味散文”的任何相似都已经消失了。但首要地，在这个时期里，诗人很少害怕看起来毫无诗意的和令人奇怪的词语，以至于可以说，他甚至是特地去倾听这种词语。他知道，那不可见的东西，它要愈纯粹地成其本质，就愈明确地要求有所命名的词语躲入令人奇怪的形象中。女人们在那里行走

在锦绣的土地上，——因为这段诗的手稿文本不见了，所以我们不能确定，荷尔德林是不是就像眼下这个文本这样书写的，如果他是这样写的，那么，是不是他写错了。人们会读成在锦绣的土地上。[②] 但也许诗人不仅是要指出行走的基地。诗人已经看到了女人们前往的小桥，而且女人们越过这些小桥而迈步攀登。可是，如

① 此处“在那里”原文为 daselbst，此词为古旧语，现代德语中已不常用。——译注

② “在锦绣的土地上”(Auf seidnen Boden)这句诗中的形容词“锦绣的”(seidnen)为第四格，在现代德语中应为第三格，即 seidnem。所以海德格尔在此说，人们一般读成：auf seidnem Boden(中文亦作“在锦绣的土地上”)。——译注

果我们注意到，在18世纪，德语形容词单数第三格中的词尾m常常由n来替代，那么，上面这种猜测就不需要了。女人们行走在锦绣的土地上，不过，土地并不是她们的行走的无关痛痒的基础。从土地中升起的是那种进入迈步者的步伐之中的春天般的姿态。土地是锦绣的。它柔和而宁静地闪现在几乎尚未被触动的大地的隐
109 蔽财富的宝贵性中。或者，诗人是在思考大地本身，从大地而来并且超出大地又回到大地之中而散发出来的，是那种不确定的柔和，即在冬春之交最初的萌发活动的不确定的柔和，而在那里，一切同时就是：有所掩蔽的不确定的东西和实际上已经紧密地被决定的东西？紧接着的下面一行诗只有两个词。这行诗为我们解答了上面这个问题：

在三月季节，

那是过渡季节，这种过渡似乎仅仅起中介作用。过渡性的东西似乎是更为短暂的东西，是仅仅瞬息即逝的和并不持留的东西。但是，三月季节并不具有什么急促和暴力因素。在一种隐蔽的中止中，酝酿着冬天与夏天的调和。不过，这种中止并不是停滞，而倒是一种独一无二的提高和隐藏的显露：即冬天的严酷和僵硬与夏天的奔放和力量的调和。这种调和把争执者释放到它们的本质的相同权利之中，亦即它们的本质的向来本己的权利之中。这样一种过渡具有那种平衡的方式，这种平衡的本质应合于栖留着的天命的片刻间。这样一种过渡并不是急促的瞬间即逝，而是进入自身中的持存，由之而来，一方和另一方获得其本质的宁静。过渡

季节乃是庆典的准备。三月季节就是节日季节。

夜与昼长短相若，

通常我们用的词序是昼和夜。[①] 我们首先提及白昼，似乎白昼是“积极的”。我们让黑夜作为白昼的消逝跟在白昼后面。黑夜是白昼的一种缺乏。但对荷尔德林来说，先于白昼的黑夜却是白昼的富余，虽然尚未决定，但却具有庇护作用。黑夜乃是白昼之母。假如在白昼，神圣者到来，而且诸神之到达的保证被赠送出来，那么，黑夜就是无神状态(Gott-losigkeit)的时空。“无神状态” 110
一词在这里绝不是指诸神的单纯阙失，或者甚至仅仅是诸神赤裸裸的不在场而已。无神状态的时代包含着首先要自行决定的东西的尚未决定。黑夜乃是对**过去神性之物**的庇护和对将来诸神的遮蔽的时代。因为黑夜在这样一种既庇护着又遮蔽着的夜幕降临中并非一无所有，所以，黑夜也具有它本己的广大的**明亮**和对一个到来者的寂静准备的**宁静**。这个到来者包含着一种本己看护，这种看护并非作为失眠而系于睡眠，而是看守和保护着黑夜。诚然，这种黑夜的漫长有时能把人类的能力逼向那种愿望，即沉沦于一种睡眠之中。但是，黑夜作为带来神圣者的白昼之母，却是**神圣的黑夜**(第四卷，第213页)：

……而当在神圣的黑夜

① 日常德语中有短语 Tag and Nacht，意为“昼与夜”或“夜以继日地”。——译注

有人想念将来
为无忧地睡眠者的忧心
承受着新鲜活泼的儿童，

但是，如果黑夜与白昼相若，那么，黑夜就已经准备好使白昼获得那种超越黑夜的升起，但却又没有放弃它的本质。现在就是平衡时光。升起的白昼节日般地与婚礼的庆典相称。当黑夜与白昼处于平衡时，女人们行走在她们的小路上

而且在静缓的小桥上，
熙风充满金色的梦幻，
徐徐地吹拂。

而且在静缓的小桥上——早在第一节诗中，诗人就已命名了
在河流旁延伸的小径，因为人类在这大地上的小径必须遵循诗意
的东西。现在，小径又一次得到了命名。它们是那些节日般地准
备着庆典之节日的行走女人们的小路吗？这些小路是舒缓的。这
些小路适合于那种若有所思的、预感性的步行，这种步行可能逗留
111 并且熟悉于片刻间。舒缓的小径是天命在其中得到平衡的片刻间
的小路：即那些必须遵循诗意的河流精灵的欢乐的山间小道。而
且，如果我们在小径那里不仅可以想到步行和攀登，而且也可以想
到越过和超过，那么，这些小径所命名的就是为了到另一边去的过
渡。没有翅膀，就不能……从异乡一边到达家乡一边。（《伊斯特

河》，第四卷，第220页）毫不起眼的桥梁就是小径，狭窄而为少数人，往往晃动而且表面上似乎寒酸。但诗人的穿行以及属于诗人的一切也是如此的。可是，若没有风，翅膀又有何用？因此之故，舒缓的小径受到了祝福，以至于在小径之上

熙风徐徐地吹拂。——有所问候的东北风的问候得以完成的第二节诗结束于对这样的风的问候。家乡有所问候的风找到了异乡受问候的风。这些小径乃是毫不起眼的过渡的通道和小路。它们本身绝不是一个没有“氛围”的空洞位置。它们为令人陶醉的吹拂的微风所赠送和笼罩。向何处？抚慰，即进入微睡的甜蜜陶醉之中而离去，就是进入轻飘的遗忘醉态之中而运走。如此这般**抚慰的风**是节日小径上欢乐的风吗？醉态属于节日。但它是盲目陶醉的单纯酒醉么？**抚慰的风**不可能带来狂热的出神入迷的狂怒。而且尽管如此——抚慰依然保存在摇篮中。摇篮属于诞生。摇篮关系到把起源归于婚典的那个东西。抚慰的微风必然在本质上共同规定着半神（亦即诗人）的本质起源。因此，它们也就是在问候中最终并且最高地受到问候的东西。风以何种方式抚慰并且它们为何是抚慰的风，这一点由它们唯一的方式而得到澄清。它们乃是：

充满金色的梦幻，——梦幻对我们来说往往只是梦而已，进而 112
就是“泡影”而已。梦幻的不稳定地匆匆易逝的东西和几乎任意的东西，毫无约束地和不确定地侵入固定的和现存的东西之中，后者对我们来说就是清醒经验的现实事物。我们把梦幻视为仅仅梦想到的非现实事物。梦幻般的东西是与现实事物相比较而言的，仿

佛人们根据一种毫无疑问的确信知道什么是现实事物似的。虽然我们把现实事物解释为受作用的而且本身又起作用的东西，但什么是起作用，什么是作用呢？只有在结果和后果得以记录下来的地方才有作用吗？或者也存在着不需要后果的作用么？难道只有现实事物存在着，而非现实事物是不存在的和一无所有的么？现实事物与非现实事物的界线在哪里伸展呢？两者竟是通过一条分界线而分为不同区域么？或者，在现实事物中就有非现实事物藏身着？现实事物的现实性情形如何？一切现实事物要不是作为现实事物而在现实性中成其本质又会是什么呢？但如果现实性本身不再是一个现实事物，那么，它已经化为可怕的“抽象物”的所谓虚无之中了么？或者，这种“抽象物”——对它的诽谤首先仅仅证实了“现实性”的非现实事物——乃是根据一种在现实事物上迷惑的失落而对非现实事物的无奈的误解么？但如果每一个现实事物只有就它在现实性中成其本质而言才存在，那么，难道不是一切现实事物都系于非现实的、但依然绝非虚无的东西中么？这样来看，非现实事物对于现实事物，甚至就可能有一种优先地位。那么，我们至少必须思索一下，是否梦幻作为非现实事物不可能是现实事物的一个尺度。那么，我们就不再可以根据“现实事物”并且根据人们径直认为是现实事物的东西来清算梦幻本身。但是，也许并非一切梦幻的一个非现实事物都是现实事物的一个尺度。也许这仅仅适合于那种梦幻，即诗人在此在诗人和诗歌艺术之本质的诞生
113 的领域里所命名的那种梦幻，只要诗人作为半神是**诸神和人类的作品**，也即婚典的**果实**。（《如当节日的时候……》，第四卷，第152页）也许这只适合于**金色的梦幻**，它们的非现实性必须根据诗人的

意义来思考。但现在，非现实事物之所以绝不是单纯虚无的东西，就是因为它可能或者是不再现实的事物，或者是尚未现实的事物。非现实事物包含着这种或者——或者，并且此外多半还遮蔽着这种或者——或者的悬而未决状态。然而，假如非现实事物是尚未现实的东西，那么，它就**在**非现实性与现实性**之间**成其本质。如果我们一旦在形而上学意义上把现实性与真实存在等同起来，那么，也可以称为已经可能的东西的尚未现实事物，就作为非存在与存在之间的状态而成其本质。在荷尔德林准备创作他的颂歌的时期里，他有一篇文章题为《消逝中的变易》(第三卷，第309—316页)，其中有这样一句话：

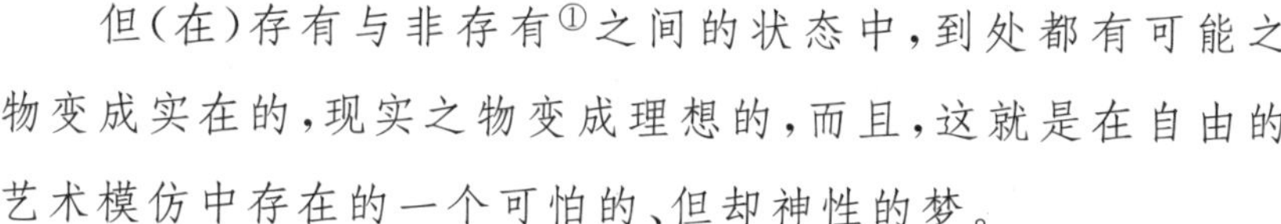

> 但(在)存有与非存有[①]之间的状态中，到处都有可能之物变成实在的，现实之物变成理想的，而且，这就是在自由的艺术模仿中存在的一个可怕的、但却神性的梦。

在诗的自由构成领域里，可能事物之变成实在(也即现实事物之变成理想)显示出一个梦的本质特性。这个梦是可怕的，因为它把它对之显示自身的那些人，从那种在熟悉的现实事物上的无忧逗留中抛出来，抛入非现实事物的恐惧之中。但这个可怕的梦是一个神性的梦，因为进入现实性之中而到达的可能事物在其到达中通过神圣者的到来而被奉为神圣。这种别具一格的梦使得可能

---

① 此处“存有与非存有”(Seyn und Nichtseyn)是表示“存在与非存在”(Sein und Nichtseyn)的德语古体字。——译注

事物变得更具存在特性，并且使得迄今被认作存在着的和现实的东西变得更不具存在特性。这种梦向诗人显示出来，因为作为这种可怕的神性的非现实事物，梦乃是神圣者的不可预先创作的诗歌。诗人们必须道说这首诗歌。倾听着这首诗歌，诗人们做他们
114 的梦。唯当他们**做着梦**时，他们才是被把捉到的节日之果实。但是，只有当诗人们道说着那先行于一切现实之物的东西（即到来者）时，他们才能够去道说先于他们的作诗活动并且对这种作诗活动来说是诗歌的东西。他们的话语乃是 προφητεύειν［预言］的严格意义上的先行道说着的话语。当诗人们在他们的本质中存在时，他们是**先知先觉的**。但他们并不是犹太教—基督教的意义上的“先知”。这些宗教中的“先知们”并不只是预言那先行建基着的神圣者之话语。他们立即就预先去道说神，那进入超凡福乐之中的拯救的可靠性就指望着这个神。人们并没有通过那种“宗教”的“虔敬”使荷尔德林的诗变得畸形，这种“宗教”始终是罗马人关于人类与诸神之间关系的解说的一个主题。人们并没有通过把诗人搞成一个在预言者意义上的“先知”，而使这种诗人世界的本质负荷过重。诗意地先行被道说的神圣者仅仅开放出诸神之显现的时空，并且指示着历史性的人类在这片大地上栖居的处所。这位诗人的本质不可在与那些“先知”的相似关系中来思考，相反地，这种诗的“先知因素”必须根据诗意预言的本质来理解。他们的梦是神性的，但他们并不梦想一个神。这个梦有它自己的重点，凭借这个重点，徐徐地吹拂的微风并不是旋涡状胡乱吹来，而是以它们唯一的轨道，吹拂在舒缓的小径上。

然则吹拂的微风如何可能是沉重的呢？因为它们沉重地充满

金色的梦幻。重的东西通常令人沉重而成为负担。金色的梦幻就像金子一样，由于它们的诗歌的本质要素的纯正性而成为沉重的。它们像金子一样，由于神圣者的明亮火焰而熠熠生辉。它们由于那种从神圣者那里得到裁决和发送出来的东西的纯粹性而成为崇高的。在这里，重的东西乃是那种隐藏在梦幻中不可衡量的已经吹来的赠送物的丰富性。金色的梦幻所包藏的东西，诗人并没有 115
道出，至少没有直接地道出。但是，除了诗人的本质的诞生地所归属的神圣光芒和光明之外，南方天空吹拂的微风应当包藏什么呢？微风抚慰着进入这一本源的摇篮。异乡之问候在它的微风的问候中得到完成。如此这般问候着，诗人思念着**天空之火**，天空之火首先而且通常必须得到经验，使得表现也即自己的能力有一个要表现的东西，据此去考验那种可能把握的能力。唯当对异己之物的经验和对本己之物的熟练已经找到进入其历史性的本质统一性的道路，**赫斯佩里恩**①的果实（《面包与美酒》，第四卷，第 125 页）才会成熟。这时候，未来德国诗人的本质就得到了奠基。于是，诗人说（第四卷，第 71 页）：

在火中浸淫、炙烤
果实成熟了，在大地上得到考验
这是一个法则，一切都宛若长蛇
先知般地梦想着，进入天空的山丘。

① “赫斯佩里恩”（Hesperien）：古代诗歌用语，意为“傍晚国度、西方国度”，与“西方”（Westen）同义。——译注

应当成为果实的一切东西,都必须进入火中。这乃是向异己之物出游而达到对天空之火的经验的法则。若没有这种在异己之物中被炙烤的过程——在那里几乎可能烤焦——,则家乡大地的任何本己之物都不能够成熟。任何本己之物都不例外。但如果果实成熟了并且在本己之物中得到了考验,那么,它们就成为它们必须成为的东西,即诗人。它们乃是标志,这种标志作为显示着的标志既解蔽着又遮蔽着。所以,长蛇具有两义的本质,说明为什么就连颂歌《回忆》草稿的标题首先没有写成"标志"而是写成"长蛇"。已经成熟起来获得他们的本质的诗人们宛若长蛇。他们是先知先觉的。他们梦想着,因而寓于那些梦幻,微风充满梦幻而沉重,而
116 天空的山丘,即云,就在风的流动中行进。如果诗人已经成熟了,那么,他们首先就能够为他们所需要的诸神所使用。现在在成熟之后,才开始有了诗人之天职的忧心。(《返乡》,第四卷,第111页)因为为了保持在本质之中,诗人之天职始终必须思念天空之火,并且思念对这个被遣送者的表现。两者在思念之际得到保持,也即金色的梦幻(风充满梦幻而沉重)以及对本己之物的正当使用(用于对有待道说的东西的道说)。即使对一位半神来说,这两者也不是少许,而是大量。因此之故,这首诗紧接着就继续写道:

许多东西
宛若肩上有一种
失败的重负
需要保存。

唯在这种有所保存的思念中，这种诗人世界的本质才得以成熟和保持。所以，它最初的诗人必须首先而且总是去思索这种思念本身。这意味着：诗意地创作这种思念并且在诗意地创作之际去实现这种思念。因此之故，已经返乡的诗人——他现在才受到了历史性法则的支配——就通过东北风而让异乡的火来问候。但在问候中，被问候者又去问候落后者。天空之火向着问候者想念自己，并且作为神性地曾在者的现身之物而始终与问候者相亲近。已经得到经验的异己之物并不是仅仅在失去问候的表象中依然被意指的和失去了本质的过去之物。

这的确令我记忆犹新——问候中的这个插话从第一节过渡到第二节。但它同时起着从第二节到第三节的飞跃作用。因为其中的“**的确**”不仅是说，就连已经返乡的人也**依然**十分完好地保存着异己的火。此外，这个“**的确**”还含有一种从下文得到规定的限制的意义。可是**南方的火**就近在咫尺。诚然，问候着的落后者乃是 117
经历更丰者。但这种问候着的落后就已经是在本己之物中持存的能力么？历史性法则的本质戒律得到了满足：向殖民地的出游。但恰恰因此并且仅仅就此而言，另一个东西，即在对异己之物的经历中对本己之物的自由使用，也必须得到满足。对曾在之物的想念固然是好的，但现在唯一地并且与前面这种想念相统一，也需要对将来之物的思念。

这的确令我记忆犹新……

— — — — — — — — — — — —

———————

但是，愿有人为我端上
芳香郁郁的酒杯一盏，
盛满幽幽的光芒，
我就能心安；因为
在榆树下假寐
许是多么甜蜜！

这听起来难道像是启程向本土家乡的行进么？但诗人其实已经到达故乡了。抑或，单纯的到达是不够的？唯随着这种到达，回到故乡的返乡才开始么？在故乡的持存绝不会自行进行。这种持存并不在于，诗人在家乡范围内仿佛仅仅是现成的。这种持存乃是它必然是的东西，仅仅存在于返乡中。返乡是那种学习过程，这种学习是要学会对大地之子的本己之物的自由使用，而大地之子的本己之物是为天空之物所**使用**的。诗人叫唤要一盏酒杯，**借此我就能心安**。这是那种要争得本己之物的勇敢精神在说话么？难道这不是更可以说是那个仅仅还在寻求安宁的人的精疲力竭的叫唤么？诗人请求要一盏酒，以便他也**能够安心**，也就是说，把他所有的喜爱（即爱）都赠给这种安宁，为的是基于这种爱而能够做到这样一种**安心**，以便他充分有力地去实现这种安心的可能性。但这样一来，这种安宁就可能不是休息和假寐的安宁了。诚然，诗人
118 已经进入家乡树林的阴影的令人喜乐的东西之中了。阴影的清凉或许能诱使人逃避火焰，并且让那种在阴影中的逗留成为一种假寐式的安宁：

因为/在榆树下假寐/许是多么甜蜜！——也就是说，倘若可以到那里去的话，倘若安宁可能是睡眠的无所作为，而且可能是对失败之重负的摆脱的话，那会是多么甜蜜。但假寐仅仅许是甜蜜的。它并不是真的甜蜜，因为它本身就是并不允许存在的。可见，诗人现在请求能够做到的安宁，是另一种安宁。诗人早已经道出一个诗句：但现在是白昼！（第四卷，第151页，第19行）诗人必须保持清醒，即便不是为了达到一种更高的沉思，首先也还必须变得更为清醒。只有当道说的清晰性为那种对有待表现的东西的敞开经验所规定时，诗人才“自由地”使用本己之物，即表现的清晰性。神圣者熠熠生辉的光芒已经在诗人向异乡出游时把自己赠送给诗人了，而且它作为这样一种赠礼依然在曾在者的问候中成其本质；而（诗人的）话语必须先行顺应于神圣者的光芒。只有这样，诗人才能够让显现者自行显示出来，并且——在它显示它物之际——本身成为标志。只有这样，才能成功地放弃那种错误的自由，这种自由认为，家乡的大地直接就在诗人的天资中现成存在，是只需要掌握一下就能占有的。这种直接的掌握愿望乃是与故乡的被蒙蔽了的关联，说明为什么故乡使诗意创作的精神“憔悴”。学会对自己能力的自由使用，这意思是说，愈来愈专一地顺应于那种对被分派之物的敞开存在，顺应于对将来者的警醒，顺应于那种清醒，后者并没有对多样性头晕目眩，而是坚守唯一的东西，那就是急迫之事。对于神圣者的清醒地留神的敞开，同时也是对宁静之物的专心，而这个宁静之物应合于诗人所想念的“安心”。这种安心就是能够在本己之物中持存。这样一种持存仅仅作为学习过程，也即回到

本己之物的原始因素中的返乡回归的学习过程。但是，如果要紧
119 的是学会这种在清晰性的可能持存，那么，诗人现在何以能够说：

> 但是，愿有人为我端上
> 芳香郁郁的酒杯一盏，
> 盛满幽幽的光芒，

对酒杯的呼唤难道不是想要那种令人醉得忘乎所以的芳香，以及那种让人陶醉而失去理智的饮料么？葡萄酒被称为幽幽的光芒。可见，诗人依然在请求那种有利于清晰性的光芒和明亮。但幽幽的光芒又消除了清晰性，因为光芒与黑暗是冲突的。对一种仅只限于计算对象的思想来说，看起来似乎就是这样的。不过，诗人看到一种闪烁，这种闪烁是通过它的幽暗而得以闪现的。幽幽的光芒并不否定清晰性，但却否定光亮的过度，因为光亮越是明亮，就越是坚决地不能让人视见。过于灼热的火不仅使眼睛迷乱，而且，过大的光亮也会吞噬一切自行显示者，并且比黑暗更为幽暗。纯然的光亮倒是更会危害表现活动，因为光亮在其闪现中随带着这样一种假象，好像只有它已然确保了视见。诗人请求幽幽光芒的捐赠，在其中，光亮已经得到了缓和。但这种缓和并不是削弱光亮的光芒。因为黑暗把起遮蔽作用的东西的显现开启出来，并且把在其中被遮蔽着的东西保藏在起遮蔽作用的东西中。黑暗为光芒保藏着光芒在其闪现中必须发送出来的那个东西的丰富性。葡萄酒的幽幽光芒并没有占取沉思，相反地，它使得关于那种甚至为一切可计算的肤浅东西所具有的清晰性的纯然闪现的沉思

升得更高，上升到至高者的高处和近处了。这时候，充满了的酒杯也绝不会产生任何麻醉作用。它不应当使人喝得烂醉，而应当使人陶醉。陶醉状态乃是那种庄严的情调，在此情调中，唯有调校者的声音得到了听闻，使得被调校者坚决地成为它自身最极端的它 120
者。可是，它们并不是凭借某种得到计算的决心才成为坚决的，而是因为它们的本质通过调校者的声音借以对它们进行思索的那个东西而成为坚决的。陶醉状态并不使“心智”混乱，倒是可以说，它首先带来那种对高空之物的清醒状态，并且让人*想念*高空之物。简朴之物却是以其方式纯真的东西和对它自身确定的东西；这种简朴之物的清醒状态不同于枯燥而毫无生气的东西、颓败和空洞的东西随之出现的那种清醒状态。清醒状态的两种方式根本上不同于陶醉者的清醒状态，陶醉者由于这种清醒状态而拥有那种在至高者之高处逗留的冷静。陶醉状态上升到明亮的清晰性中，在这种清晰性中被遮蔽者的深度自行开启出来，黑暗作为清晰性的姐妹显现出来。诗人未完成的哀歌《乡间行》(第四卷，第 112—113 页和第 314—315 页)可以帮助我们说明此点。只不过，这首诗几乎令人惊讶的质朴性比其他诗歌更难以思索。我们只是猜测，这种*乡间行*乃是已经回到家乡的人向真正的返乡行进。这种返回的行进就是在家乡的持存。返回为一个唯一的*愿望*所充满，那就是在人的居所那里为应当来作客的天空之物建造住房。这时候，唯当这个第三者，即*客房*，处于天空之物与人之间时，才有一个场所是终有一死者期备天空之物的切近的场所，天空之物对我们来说才是它们所是的东西。这首诗把这一点称为一种要求，要求客房之建立可以*在春天节日里*开始。但为此，一切东西，本土与

风，终有一死者的心脏与天空之物，都必须是**敞开的**，亦即是**与精神相合的**。① 在这首哀歌中有这样的诗句：

121 因此我甚至希望，如果我们开始
实现心中所愿，我们刚开口，
找到了要说的话，心灵已经开放，
从陶醉的头脑里产生出远见卓识，
天空的花朵将与我们的花朵一起盛开，
敞开的目光将向着闪光者敞开。

诗人所归属的酒神的赠礼给予陶醉的头脑，使得一种在那种表现的更高清晰性中的可能持存得到满足，而这种表现必须在有所命名的词语中显示出**闪光者**。由于幽幽的光芒给予这样一种东西，所以，芳香郁郁的酒杯中的饮料同时可能成为赠送物，也即已经返乡者首先呈献给诸神并且在追忆之际呈献给船夫们的赠送物。通过这种赠送物，诗人就把自己向家乡的行进献给对栖居赖

---

① 当我们根据非诗意的思想的来预先思考“敞开域”(das Offene)，并且事先把它的本质经验为存在之澄明，而这种澄明的本质音调是希腊人在 ἀλήθεια(即无蔽状态)中原初地预感到了的，但又没有能把它带向某个基础，这时候，是否由此就有一种外来的东西被带入荷尔德林的诗之中，或者，是否在这里并不是作诗——当然来自完全不同的区域——与思想相对待，这依然是一个有待思索的问题。参看拙文《柏拉图的真理学说》(载《精神传统年鉴》，第二卷，1942 年，作为单篇著作由 A. 弗兰克出版社出版，伯尔尼 1947 年)与之相反，里尔克在他的《杜伊诺哀歌》第八首中所谓的“敞开域(敞开者)”，却与对 ἀλήθεια[无蔽]之基础的思考如此格格不入，以至于可以说，如若我们把里尔克的这个词语仅仅表明为荷尔德林的词语的最极端的对立物，那也是不为过的。参阅《林中路》，1950 年，第 262 页以下。——原注

以建立的那个基础的准备。漫游者的漫游就结束于这种对家乡的亲熟的开始。所以，哀歌《漫游者》(第四卷，第 106 页)的结尾处道出了这一点：

因此请为我递上，满斟的葡萄美酒，
它产于莱茵河上游的向阳坡！
让我先为诸神，为缅怀英雄干杯，为船夫干杯，
然后也为你们，我最亲爱的人干杯！
也为双亲和好友！让我忘却辛劳和所有痛苦，
现在就快快地投身乡土。

诗人对芳香郁郁的酒杯的呼唤是在请求一种允诺，就是要求能够持存于他的诗人世界的本质规律中，能够持存于对曾在者和将来者的一致想念中，而不要睡过了现在这个时代。

为那垂死的思想 122
失魂落魄，
是多么不妙。

现在，东北风问候着让诗人想起在异国曾经有过的节日；现在，这同一种东北风带来清凉的清晰性。它使诗人去思索那种持存能力，即能够持存于他的诗意规定性的本己要素中。因此，他必须想到一点：对学会自由地使用自己的表现天资来说，什么是妙的什么是不妙的。

是多么不妙——这一拒绝绝没有落入不确定性之中。这话也不是一般地针对人讲的。它有助于我们去沉思那种东西，这种东西对已经得到平衡的天命的片刻间来说，乃是命运性的适宜的东西，并且使诗人适宜于道说。现在，……失魂落魄地存在，或许是不合适的——因为，诗人通常应该如何满足他的本质，即成为"富有灵魂者"呢？在这里，"灵魂"所指的东西，有别于仅仅一般而言的任何一个生命体的生命的原则。"具有灵魂"在此的意思是，充满灵魂或充满热情地存在，"灵魂"的意思就如同"心灵"。[①] 诚然，对我们来说，就连"心灵"这个名称也已经失落了原始的命名力量。充其量，心灵被我们看作敏感的柔弱，甚至被看作一味地"多愁善感"、懦弱和顺从。不过，心灵一词还含藏着另一个要求，我们终有一天将重新听到这个要求，也就是当我们已经不再按人类学的意思来思考人的时候。心灵乃是 muot[情绪、性情][②]的源泉和场所，构造和声音，而这个 muot [情绪、性情]把我们置身于那种亲密性之中，即镇静与贫乏、温厚与高尚、优美与勇气、宽容与忍耐的亲密性之中。[③] 如此这般来经验的心灵，荷尔德林称之为"灵魂"。充满灵魂的人(第五卷，第 319 页)乃是情绪高昂的人，他有勇气让自己去期望至高者。诗人或会失魂落魄，倘若他仅仅得过且过，为

① 这里的"灵魂"与"心灵"德文原文分别为 die Seele 和 das Gemüt，前者更多地指与物质世界相对的精神世界或精神实体，后者则更多地具有"情绪""性情"之意义。——译注

② 此处 muot 为中古德语词，意同现代德语的 Gemüt(心灵、情绪)。——译注

③ 此句中的"镇静"(Gleichmut)、"贫乏"(Armut)、"温厚"(Sanftmut)、"高尚"(Edelmut)、"优美"(Anmut)、"勇气"(Opfermut)、"宽容"(Grossmut)、"忍耐"(Langmut)等有相同的词根-mut，"心灵"(Gemüt)可以说是对所有这些 Mut(情绪、性情)的"聚集"(Ge-)。——译注

那垂死的思想所掠夺。垂死的思想把心灵对那些苛求开放出来，在这些苛求中，心灵要思考本质性的东西。在何种意义上垂死的思想克服了失魂落魄呢？显然不是指失效的和短暂的思想，而是 123
指为终有一死者即大地之子所思考的思想。但是，诗人难道不正是应当思考那个超乎诸神和人类的神圣者么？当然啰。诗人确实必须去表现神圣者，以便通过他的道说使诸神感受自己，并且因而在这片大地上的人类居所中把自己带向显现。如果大地之子能够在他们的本土家乡居住的话，诗人就必须想念首先与大地之子相关的东西。不过，对于这个“终有一死的东西”，即与大地之子相关的东西，诗人也必须——尽管不是唯一地——以大地之子的方式来加以思考。因为诗人作为显示者，处于人类与诸神之间。他从这个“之间”出发，来思考那个高于两者而各个不同地把两者神圣化，并且作为有待道说的诗歌而为诗人所思的东西。垂死地思考之际，诗人诗意地表达至高之物。没有这些思想而存在，对于那种在本己之物中诗意地持存的可能性来说是不妙的。

而那是多么美好
进行一种对话，并且去言说
心灵的主意，去倾听
许多爱的日子，
和发生的行为。

我们需要再次①追问：什么是一种对话？据前文所述，它只能

① 参阅《荷尔德林和诗的本质》一文。——原注

是对垂死的思想的思考。由此又揭示出，这种思考具有对话的方式。对话所包含的东西，诗人用起解释作用的“**并且**”来加以说明：

并且去言说……**去倾听**——这仅仅意味着，告知和倾听作为对话的组成部分构成对话么？一种对话在任何时候都可以从两者
124 中首先通过组合而构成么？道说和倾听构成被言说的对话，仅仅是因为它们展开原始的对话，并且在这种展开过程中自身首先从原始的对话中产生出来。这一点乃是被发送出来的东西始终无言的要求，乃是无声的问候的声音，在其中，心灵中的唯一者先行必须承受的那个东西的苛求得以自行发生；而这个唯一者通过声音而注定要显示出来。置身于这种苛求中，意思就是：能够倾听。这种能够倾听给出了真正的道说的本质基础。真正的道说原始地就是一种倾听，就好像真正的能听是一种原始的对所听之物的重说（而非一种照着说）。仅仅由于肉身器官（嘴和耳）在外观上是有区别的，并且分布在身体的不同位置，所以，我们才把说和听分成两种能力，而且忽视了两者的原始统一性，这种原始统一性先行就包含着它们的交互关联的可能性。说和听同样本质性地起源于原始的对话。因此，在良好的对话中，所说与所听也是同一东西。荷尔德林在对良好的对话的诗意命名中思及说和听，后者来自原始的对话。良好的对话言说

心灵的主意——它指的是心灵预先和始终思念的东西。人们

完全有理由把“主意”一词与“爱”一词联系起来。[①] 心灵在其根基中所思的东西，而且这也已经意味着，心灵所“意求”的东西，其中聚集着一切愿望。本质性的愿望有别于单纯的渴望，后者向来只是自为地意求它所渴望的东西，并且在所渴望的东西中也仅仅意求自己。这样一种渴望逃避得体的东西。因为真正的思想在它那里付诸阙如，故它是没有理智的。对于这种愿望，荷尔德林说（《莱茵河》，第四卷，第 173 页）：

而在命运面前，这种愿望
却不可理解。

与之相反，在哀歌《乡间行》中所表达的真正愿望却意求命运 125
性的适宜的东西（第四卷，第 112 页）：

因为它虽然不很强大，却属于生活里
我们所愿望的一部分，显得适宜又快乐。

不很强大——并不是了不起的东西和在印象中起作用的东西，也不是那种需要暴力并且通过统治才保证有效性的东西。它毫不起眼地运作着，但却属于生活，完全不是作为单纯的附属物，而是作为应有之物，大地之子如果想在这片大地上栖居，就必须先

① 此句中的“主意”原文为 Meinung，“爱”原文为 Minne。Meinung 的动词为 meinen，有“意指、意欲”等意，作为诗歌用语，也有“爱”的意思；Minne 以及动词 minnen 意为“爱、爱恋”。——译注

行倾听这个应有之物。但由于这种栖居乃是诗意的，所以，就连这种归属于生活的东西，也只能是我们（也即诗人）所意求的东西。他们心灵的主意指的是神圣者之诗歌，后者在节日时候逗留于命运之中。心灵的主意思念着节日的欢庆盛会。言说这样一种主意，这有助于准备那种置身于被发送出来的诗人世界的本质中的迫切性。而由于良好的对话道说着心灵的主意，它就让人

　　去倾听
许多爱的日子
和发生的行为。

在这里，“许多”意味着：唯一者之充沛的丰富性，而不是一大堆分散的东西的多样性。这种倾听绝不听闻仅仅已经消逝的东西，而是去倾听那曾在者，因为后者被透露给已经发生之物的本质。这种倾听思念爱的日子的高尚、温厚和宽容。爱的精神乃是这样一种意志，即所爱要找到进入其本己本质之中的道路，并且固守于其中。这种倾听乃是一种对那些行为的率直和勇气的思念，这些行为作为已发生的行为，始终是一种完成并且为有效之物奠定了基础。爱和行为满足那种勇气的乐观，唯由之而来，终有一死者的心灵才原初地为一种命运的苛求作好准备，[①]而这种命运——它超乎人类但又隶属于诸神——必须容忍半神的不相类同

① 中译文未能显明这里的“勇气”（Mut）、“乐观”（Hochgemute）与“心灵”（Gemüt）等词语之间的字根联系。——译注

之处。爱调校着对于节日的勇气。行为释放出那种保留于天命之 126
中的勇气。爱和行为在终有一死者的区域中乃是欢庆，节日在这种欢庆得到准备。爱和行为是诗意的东西，对这种诗意的东西的倾听对诗人来说是美好的，诗人根据对异己之火的经验并且为着这种经验而应当练习对词语的自由使用，这种词语描绘的是那个东西，它为终有一死者奠定在家乡的栖居的基础。由于这种对话让人倾听爱和行为，它就道说心灵的主意。所说和所听是同一的东西和唯一的东西。在良好的对话中的有所照面的回答，让人想念一切追忆应当始终思及的东西。良好的对话使得说话者在对**垂死的思想**的思考方面更具思的特质。诗人变得更充满热情，也即更有诗意创作性。良好的对话的追忆性思想说的是诗意的语言。良好的对话在何处有其诗意的本质，诗人是知道的；因为他认识到对话以及对话可用的语言的非本质。良好的对话的反面本质乃是**无诗意的**闲话。在一个后期残篇中，荷尔德林写道（第 25 篇，第四卷，第 257 页）：

夜之精灵

那天空狂飙，它谈论了我们的国度，
带着许多语言，毫无诗意的语言
而且推动了废墟
直到此刻。
而我所意求的，就要到来，

诗人所**意求**的，是在本质性的愿望中所意求的东西，也即命运性的适宜的东西。这种东西之所以到来，并不是因为诗人意求这种东西；相反地，诗人必须在诗意创作之际愿望到来者，因为它是不可先行创作的诗歌，即神圣者之梦幻。诗人必须**以美好的言谈把大地献给**这个到来者。(《乡间行》，第四卷，第 112 页）只有这样，大地之子才获得了一种诗意的栖居的保证。荷尔德林在这个残篇草稿中，力争更清晰地言说“**无诗意的**”这个词语。此外，诺伯
127 特·封·海林格拉特还发现了以下内容(第四卷，第 392 页)：“在‘无诗意的’一词上面，像尖塔那样堆积了各种变式：**无限的**、**不和的**、**不确凿的**、**不可抑制的**”。

通过这种对他自己的词语的诗意阐释，诗人使我们知道：诗意的东西是有限的东西，它顺应命运性的适宜的东西的界限。诗意的东西乃是那种审慎的安宁的温和之物，这种审慎的安宁祛除了争执。诗意的东西是那种维系无所束缚之物的确凿的东西。诗意的东西是保持在纽带和尺度中的东西，是十分适度的东西。诗意的东西处处都面向那种不放弃，即不放弃界限、安宁、纽带和尺度。诗意创作想到某个持存之物。因而，诗意的对话为表现持存之物而练熟语言，并且因此赠送给诗人那种对安居于本己之物中的能力的自由使用。这样一个对话是美好的。在其中，一种追忆与另一种追忆相互照面。在此照面中，同一思想的音调以及相互归属被经验为友谊的持存。

但这些朋友们在何方？本拉明
和他的伴侣在何方？

第四节始于一个问句。这是诗中唯一的一个问句。但基于确定之物的**追忆**应当如何归于怀疑的不安呢？也许这两个诗句的问句形式只不过是诗人那个十分急需的词语的另一种有所强调的语言表达。根据对**安宁**的相同要求，并且根据相同的追忆，诗人在《泰坦》这首颂歌中，说出了这个十分急需的词语（第四卷，第208页）：

　　　　　　可是，在欢庆时光
我想要安宁，给予死者
以思想。许多人已经去世
古代的统帅
和美丽的女人们，还有诗人们
以及新时代的
许多男人
而我独自存在。

倘若我们仅仅想把“**但这些朋友们在何方？**”这个问题理解为 128
假问题，那么，其原文一定会是：但朋友们究竟在何方？[①] 但诗人却要追问**本拉明和他的伴侣**，这个问题明确地追问**这些**朋友们。它问这些朋友们在何方。这个问题乃是一个真正的问题。但这个

① 荷尔德林诗中的这个问句是：“但这些朋友们在何方？”（Wo aber sind die Freunde?），“朋友们”（Freunde）前面有实指的定冠词“这些”（die）；因此这是一个真正的问题。若是假问题，就应该写作：Wo aber sind überhaupt Freunde?（朋友们究竟在何方？），问句中的“朋友们”前面没有定冠词“这些”（die）。——译注

问题上存在着某种不确定的东西。莫非这些朋友们(诗人要追问他们的逗留之所)是两位得到命名的朋友,他们与作为第三者的诗人一道应当进行美好的对话,以便诗人能够心安?如若这样,诗人本人就会是一位朋友和一个伴侣。或者,这些朋友们是那两个应当单独地相互诉说和倾听的朋友么?但荷尔德林却思及对话,这种对话对他来说是美好的,可以说对他的诗歌之拯救来说是美好的。对他来说,在朋友们中间——他本人并不在这些朋友们那里——的一种对话应当是什么呢?本拉明是一个伴侣的名字,许佩里翁从前曾在许多书信中与之作过漫长的对话,这些对话讲述的是爱的日子和行为。许佩里翁是诗人的名字。他本人就是这个伴侣,而现在要追问的就是这个伴侣的逗留之所。但他本人在哪里,却是诗人必须知道的,尤其是现在,他这个问候者表现出知道自己滞留在家乡。不过,诗人首先追问的是本拉明与伴侣,是否这个伴侣还与他同在?是否两者已天各一方?这些朋友们在何方?这个问题并非想在地理上查明这些朋友们的逗留位置。它想到的是位置的本质,现在这些朋友们中任何一个都命定要走向这个位置之所在。因为在此期间,自从许佩里翁之诗的诗歌时期以来,诗人已经另有遭遇。在恩披多克勒之诗中,朋友不再是本拉明的伴侣。他已经出游到了另一个本质位置。但此间他甚至也已经离开了这个本质位置。恩披多克勒之诗依然属于漫游期。返乡首先是从漫游者过渡到对家乡河流的诗意道说(《莱茵河》和《伊斯特河》)的地方开始的。但是,即便返乡也仅仅开始了向本己之物的返回。

129 因此,到达者才呼唤酒杯并且要求能够在本己之物中持存。当诗人问他自己在何方,假如这个问题想到的是对本己的本质位置的

亲熟，这时候我们还可以惊奇么？这时，追忆其实并不排除追问。只是这种追问并不纠缠于有所算计的怀疑。甚至这种不同方式的诗意追问也不同于思想的追问，后者敢于深入本质上值得追问的东西，并且在这种东西中调解作为神圣者之道说的它者。思想家思入非家乡之物，后者对思想家来说并非一个过道，而就是在家（*zu Hauss*）。与之相反，诗人有所追忆的追问却诗意创作着本己之物。在这种追问意义上，这首诗歌的唯一问题只不过是对那个隐而不显的问题的胆怯揭示，这个隐而不显的问题思及追忆本身的本质。不过，诗人诗意地进行追问。这个问题的有所揭示的显露实为一种掩蔽。这个问题表面上的不确定性乃是这种掩蔽的悬而未决的东西，它实际上让我们猜度它所追问的东西。诗人追问伴侣，追问这些朋友们，但首先是追问自身——尽管不仅仅追问自身。诚然，他并非苦苦思索他的人格的“自我”，相反，他离开这个自我而去追问自身的本质位置，而只有这个自身的本己之物才是对一个诗人世界的本质的实现。但是，返乡者除了追问他是否通过返乡也已经在家，在源泉旁，此外还能追问什么呢？

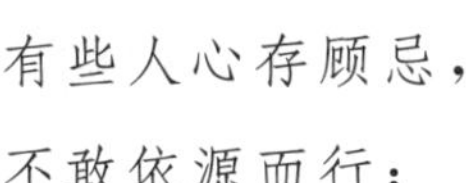

有些人心存顾忌，
不敢依源而行；

这是对问题的回答，或者实际上是答案的内在核心，由之才得以展开出其余。但这个答案或许比漂浮不定的问题还更令人吃惊。因为现在指出了有些人，他们本身又被归于命定要依源而行的人的数目。这个数目是如此这般共属一体者的统一体。如此这

般共属一体者乃是一种友谊的朋友们，这种友谊建立在那种进入
130 未来诗人世界的天命发送中。诗人所追问并且自身亦归属其中的朋友们，乃是隐而不显的（而且今天也还隐而不显的）**船夫们**，诗的开头就思及这些船夫们。在这些朋友们的数目中，有些人心存顾忌，不敢依源而行。这句诗只是想说，有些人虽然胆怯而且有几个人没有依源而行，但多数人毫无畏惧和顾虑地径直做这种行进么？如此看法，有违于历史性的基本规律，这个基本规律乃是对家乡的亲熟过程的规律。但这种对家乡的亲熟过程就在于通过非家乡存在的通行，而且仅仅作为这样一种行进而适合于对本己之物的居有。因为**源泉**是河流的本源，它开垦田地，并且让大地之子栖居于其中。**源泉**乃是河流之魂的本源，它于自身中包藏着故乡的本己之物的诗意丰富性。但只有当河流及其在大海中的出口已经得到经验时，源泉才显示出来而成其为源泉。因此，向源泉的行进乃是在与通常河流的流向相反的方向上向源泉的逆行。为此，向源泉的行进首先必须离开源泉。向源泉的行进并不是径直向着源泉行进。家乡的本源其实是什么，这在青年**在家的**成长之初恰恰是不能经验到的。对哀歌《面包和美酒》来说，有关对家乡的亲熟过程的规律的诗句已经得到了规定。诺伯特·封·海林格拉特为这同一首哀歌提供了以下草稿（第四卷，第 323 页）：

然而人们难以思及本源
先知们不再能掌握青年人的家园。
但毕竟有某物起作用，以纯粹的法则，那就是大地。
也许有一个明智者，一个更豪华的人

> 知道一种明亮，这黑夜，知道这种安宁，而且显示出
> 神性的东西，即便那种明亮和安宁像天空一样久长、深远。

如果精神想念着在异乡的经历而从异乡返乡，那么，他先就已经看到，他注定要表现什么。如此这般观看着到来者，他便看到这 131
种“**在家**”不再像先前青年时代，那时他想要直接把握故乡。现在首先起作用的是家乡大地的法则，因为那种必须受大地调节的表现，是由有待表现的火规定的。某个具有更高、更豪华本质的人（即作为半神）在这种明亮中得到了理解，这时候就能把神性之物显示出来，即便表现必须顺应的安宁和明亮就像天空一样久长和深远。向源泉返回的对本源的思想是最困难的东西。因此，有些人**心存顾忌**，并非因为他恐怕这种最困难的东西，而是因为他热爱这种最困难的东西。这种顾忌可能是一种不同于畏怯的东西，畏怯在它所照面的一切东西中始终只是畏缩的和不安的。与之相反，畏惧则通过它所畏的明显独一无二的东西而保持下来。畏惧并不会变成不安的，而且实际上自行克制着。它的自行克制却又避免了这样一种危险：畏惧者按照害怕之物的方式而陷身于一种对自身的忧虑之中。但畏惧的自行克制也绝不知道保留条件。畏惧作为原始地得到加强的对所畏之物的自行克制，同时也是对这种所畏之物的最亲密的喜爱。与畏惧相称的东西，令人踌躇。但犹豫不决的畏惧不知道任何畏缩和沮丧。它的犹豫是有所期待的导向忍耐的坚定性。在这里，犹豫乃是久已坚定的导向迟缓的勇气。畏惧之犹豫乃是容忍。但是，畏惧之本质并不限于这样一种犹豫。因为在这种犹豫本身中起支配作用的，乃是那种对所畏之

物的倾心的怀念。畏惧是自行克制着的、容忍地惊奇着的对那个东西的追忆，这个东西始终在一种切近中保持亲近，而这种切近唯一地完全投身于保持一个在其丰富性中的遥远之物的遥远，并且由此为它的有所涌流的起源作好准备。这种本质性的畏惧是已经返乡的对本源之思的声音。畏惧乃是知道，即知道本源不能直接经验自身。这种畏惧是那些诗人的心灵必须安居其中的重点。这
132 些诗人的话语把一种人类的历史进程建立在它的本土家乡之中，使得它不会失去平衡。畏惧并不阻碍什么。但它使迟缓之物上路。它是适合于迟缓小径的节日般的基本情调。畏惧调校着在诗意的道路上的行进。畏惧决定人们依本源而行。它比一切暴力更具有决定作用。

有些人心存顾忌/不敢依源而行；——这并不是说：有些人没有露面并且没有依源而行。这个诗句说的倒是：某个人犹豫不决并且没有径直奔向源泉。但在畏惧中，他独自知道依源而行的规律。由于他并不直接依源而行，他恰恰真正地走上了通向源泉的行程。因此，只有畏惧者中最畏惧者，才能首先在这种行程的途中。他就是这个最畏惧者。但他委婉地道说这一点；因为他不能作为例外趾高气扬。他知道，对规律的认识仅仅在于服从规律，首先无畏地遗忘家乡，漫游到异乡：**因为精神在家/并非在开端中，并非依于源泉**。为什么精神开始时并不在源泉旁呢？而按通常的看法，在那里实际上隐蔽和产生着一切丰富性。

因为财宝源自大海。

财宝绝不是单纯的占有；它更不是占有的结果，因为它始终保持为占有的基础。财宝是那个允诺本己本质之占有的东西的富绰，因为它开启出通向其居有过程的道路，并且无尽地保持在那种要求那里，即为本己之物作好准备的要求。但富绰并非大量，并非那种作为始终还有剩余的东西而在饱食者手中的大量。真正的富绰是充溢，它自行溢出并且因而逾越自身。在这样一种逾越中，充溢者流回到自身，并且经验到：它因为总是被逾越而不会自我满 133
足。而这种自我超越着的“绝不自满”就是本源。财宝本质上是源泉，唯在此源泉那里，本己之物才成为财产。① 源泉是唯一者向其统一体之无尽性的展开。这样一个唯一者乃是质朴之物。只有懂得自由地使用财宝，并且预先根本上看到其本质的人，才可能是富有的。而唯有能够保持贫困的人（在那种不晓得任何缺乏的贫困意义上），才有能力做到这一点。因为缺乏始终陷于一种不拥有，这种不拥有仿佛直接地——就像它并不拥有的那样——也想直接地“拥有”一切，而又无能于此。这种缺乏并非起源于贫乏之勇气。意愿拥有的缺乏是单纯的贫穷，这种贫穷不断地眷恋财宝，而又不能知道财宝的真正本质，不愿接受财宝之居有的条件。本质性的贫困乃是对于质朴之物的勇气，此质朴之物唯在原始之物中成其本质。这种贫困洞见到财宝之本质，而且因而知道它的规律。意愿富有必须贯通一种自我逾越。但这种自我逾越是要学会的。学习必须从财宝最轻快地自行显示的那个地方开始。这回事情发生

① 在德语中，“本己之物”（das Eigene）加上后缀-tum 即成为“财产”（Eigentum）。——译注

在财宝得到了展现，而且质朴之物（亦即源泉）的本质依然能在被端呈出来的东西的直接丰富性中遮蔽自身的地方。财宝就是源泉本身。它已经得到了展现，在那里，起于源泉并且依然处处受到源泉挤逼的河流已经展开出来，以便进而**浩瀚地**并且为着大海作好汇入大海的准备。河流“是”源泉，以至于根据它那个汇入大海的尽头，源泉本身在大海中遮蔽自身。但心存顾忌、不敢依源而行的**有些人**，必须已经基于这种畏惧而认识到通向源泉之路就是通过大海的弯路。他们的精神热爱殖民地。这些诗人就是船夫。

> 他们犹如画家，
> 聚集大地的美丽……

134 这些诗人的作诗活动还不是在诗的最本己本质中。他们的方式还像**画家**的方式一样。他们的言说尚未精熟于本土家乡。这乃是**本拉明与伴侣**必得完成的作诗活动，即：许佩里翁之诗。在他们穿过大海向异乡的出游中，他们把**大地的美丽**聚集起来。在这里，**美**绝不是指各种各样的优美诱人和令人欢喜之物。**大地的美丽**乃是在其美之状态中的大地。但《许佩里翁》的诗人却以此词语来命名**存有**。[①] 我们在此不作大量证明，而只需指明《许佩里翁》前言草稿中的一个段落（第二卷，第546页）：

> 结束那种在我们自身与世界之间的永恒冲突，回复一切

① 此处“存有”（das Seyn）是表示“存在”（das Sein）的德语古体字。——译注

和平中的和平——它比一切理性更高——，把我们与自然统一起来而达到一个无限整体的统一性，这乃是我们全部追求的目标，不管我们是否能够对此达成共识。

但是，无论是我们的知识还是我们的行动，都没有进入哪一个此有[①]阶段，在其中一切冲突都终止，一切都统一起来；确定的线唯在无限的接近过程中与不确定的线统一起来。

我们也并没有受到那种无限和平的惩罚，受到那种存有(Seyn)(在此词的唯一意义上)的惩罚，我们根本就不追求把自然与我们统一起来，我们并不思考和行动，这或许根本上就一无所有，(对我们来说)我们自身没有思考什么，(对我们来说)如果不是通过那种无限的统一意义上是现成的。它是现成的——作为美；用许佩里翁的话来讲，我们就可以说，有一个新的王国等待着我们，在那里，美就是君王。……

我相信，我们终将道出一切：圣明的柏拉图，请原谅！人们已经(原为“我们已经”)严重地冒犯了您。

编写者

美乃是存在之在场状态(die Anwesenheit des Seyns)。存有是存在者之真实。《许佩里翁》之诗人，也即在其向异乡出游时期的荷尔德林，始终把存在者之真实称为自然。诚然，这位已经返乡

① 此处“此有”(Daseyn)是表示“此在”(Dasein)的德语古体字。——译注

135 的诗人将终有一天不再把这个词语当作他的作诗的基本词语来使用，[1]那时候，他就必须道说那种为对本己之物的亲熟奠定基础的东西。但在这当儿，船夫们必须让大地之美显现出来，而在其他情况下，他们作为诗人应该言说真实。美是原始地起统一作用的整一。这个整一只有当它作为起统一作用的东西而被聚合为整一时才能显现出来。按照柏拉图的看法，整一（ἕν），只有在 συναγωγή 即聚合中才是可见的。但诗人们**犹如画家聚集**（大地的美丽）。他们在可见之物的外观中让**存有**（即 ἰδέα［相］）显现出来。在这里，“**犹如画家**”并不是指，这些诗人们描画现实事物。描画的本质要素在于对某种景象的筹划（ὑπόθεσιs）中，而**美**就在这种景象的统一体中显示自己。正如同一个前言所说的，诗人们并不是那些追逐常新的“事实”的单纯变化的“新闻记者”。把诗人们与画家相比拟，这绝不是要支持“描述性的诗歌”。荷尔德林是拒斥这种诗歌的。他在《许佩里翁》之后不久写的一个二行诗[2]即显明了这一点（第三卷，第 6 页）：

记住！阿波罗已经成了新闻记者的神，
而且他的臣仆就是忠实地向他叙述事实的那个人。

诗人们的天职就是让美的东西在美之筹划中显现出来。诗人们知道——尽管只是有所预感——他们的航行航向何方。因此，

① 参阅《如当节日的时候……》一文。——原注

② 二行诗（Distichon）：由一个六音步诗行和一个五音步诗行组成。——译注

诗人们并不逃避那种穿越大海的出游。基于对源泉的畏惧，诗人们获得对于贫困的勇气，这种贫困并不认为自己足以经受住漫游的行程。他们去旅行，而且

并不鄙弃鼓翼漂流的纷争，

所谓“鼓翼漂流的”意思是说，他们的纷争是向船翼的纷争。荷尔德林在哀歌《阿尔希沛拉古斯》(第四卷，第91页)中以“船翼”
这个词来命名船帆。鼓翼漂流的纷争是与逆风和恶劣天气的斗 136
争。因为大海对一切风都是敞开的。并非总是有美好的航行及其方向的明确。某些东西始终是不确定的。但这种纷争让真正的和非真正的财宝之可能性以及其中朝着源泉的方向显露出来，尽管它本身绝不是它的源泉。因此船夫们下了决心，

经年累月，孤独地居住在
叶落殆尽的桅杆下，

犹如一个漫长的冬天，无叶的树木矗立着，抑制着生长的力量和生气，桅杆下的航行时间也是如此。桅杆带有木料和船缆，就好比一棵叶落殆尽的树在冬日狂风中飘摇。而在南国如火般灼热的时期里，它并不提供出任何阴影。所以，船夫们远离故乡绿叶成荫的树林而居住在作为某个异己之物的非家乡之地。他们知道，真实之物发生于其中的时代是久长的；他们经年累月地在那里期待，

在那里没有辉煌夜晚
照亮城市的节日
没有铮铮弦乐和乡土舞蹈。

船夫们是没有节日的。因此，看起来，他们仿佛毫无与节日的关联而被赶了出去，进入一个无节日的季节中。但为什么荷尔德林要专门命名夜晚呢？因为航行中的船夫们彻夜不眠。只要他们的清醒根本上规定着他们贯穿自己的漫游时期的期待，那么，这个时期就显现为夜晚的时间。在其中，无论是异己之物还是家乡之物，都不是已经完全确定的。但这种不确定的东西并非一无所有。这种夜晚的时间绝不沦陷于那种不允许任何通行的纯然幽暗。这种夜晚有其本己的明亮；它是庄严的，没有平静演奏的明朗，但却
137 静静地等待着，但还没有家乡舞蹈的飘荡。船夫们已经出游去经验天空之火；他们的漫游之夜始终是白昼之母，这白昼作为节日注定成了节日的前一天，在这个时候得到平衡的天命得以逗留。船夫们的航行是对天命的夜间值勤。船夫们在通向他们本己本质之本源的航行中。因此，他们绝不能成为冒险家。对于冒险家来说，异己之物始终是“异国情调”，他狂热地遍历这种“异国情调”，以便他也许能在那里感受到惊异和奇特之物的撞击，他于是就把惊异和奇特之物与“奇妙之物”等同起来。船夫们的海上航行是高贵的、清醒的，这种航行在异己之物中经历本己之物的最初反照，船夫们为了居有本己之物而意愿变得阅历更丰。相反地，冒险家只有在绝对无节日的东西的历史空间中才是可能的。而在这里，冒险家仅仅还是并无自知之明的经验者的替代者，因而是无节日的

季节的最后迷乱。与之相反，船夫们的本质处所却在于那种漫游过程的游历之中，这种漫游自其发端起就已然是返乡。

“**但这些朋友们在何方?**”这个问题的诗意意义由那个随同一个诗节开始得到阐明的回答得到了解释。这个问题是要问：未来时代的诗人现在在其本质的哪个位置上？胆怯地表达出来的回答是：有一些人正在海上航行中。我们不认识他们。另一个人则已经返回家乡。他现在“**在家**”开始真正的依于本源之行。在这里，他是第一个学习者，因而还是没有伴侣的。现在，颂歌《泰坦》中的一句诗(第四卷，第 208 页)就指示着最切近的将来：

但我独自存在。

这个诗句远不是一种对空洞的孤独状态的绝望确定。它指的是那种毫无迷误的知识，这种知识明确地只还要学习本己的东西，因为它关注那个已发现的命运性的适宜之物，这个适宜之物适合于表现已被经验的天命发送。这个诗句确定：现在作诗必须有另一种方式，不同于那些**犹如画家**一般聚集美丽的人们的表现。因 138
为这位诗人现在必定是孤独的，所以，甚至美好的对话也不再能够有所助益。在此有另一个三月季节。这位诗人的言说是别样的。如果说独自存在并不是空虚的孤独，因而依然是一种对话，那么，实际上就连这种对话现在亦具有另一种方式；因为这个已发现的方式的本己之物首先保证着本质之茁壮成长。《酒店服务员》一诗最后一节(第四卷，第 69 页)说明了一切：

春天到来。万物各各欣荣盛开。
　　但诗人在远方；不再在此。
　　　他曾误入歧途；因为天赋太好；
　　　　而他的对话多美妙。

诗人现在不再**远离**故乡；他近乎源泉。但他远离于希腊和曾有的对话。而这种遥远存在的方式就是问候。当然，如果说诗人曾想在其依于源泉而行时仅仅依赖自身的能力，那**他就误入歧途了**。但他并没有误入歧途；因为正如这首诗第二节所说的，他现在知道**风的敏锐游戏**。他的倾听更为清晰。他的言说更为严格。但他并不是滔滔不绝的“先知”。他只是开始学习对本己之物的自由使用。因此，异己之物必定保持切近的。因此，漫游就为未来诗人保留着按照对家乡的亲熟过程的法则来看不可避免的东西。因此，独自存在并且思念着本己之物的他就必定同时也想念着伴侣（《泰坦》），笔四卷，第 208 页）：

但我独自存在。
————
——并且在大海中航行
去探问芳香郁郁的岛屿
他们在何方？

即使在各诗节缺失的情况下，其中的联系也是清晰的。诗人
139 并没有想到船夫们，以便通过对船夫们的缺席的想念而沉入自己

的孤独状态之中。他思索自己的独自存在，以便他根据自己先行的单独行进的本质而保持于那种与船夫们的归属状态中，并且使现有的对家乡的亲熟过程的法则得到充分解说。为此就必须知道出游的开始和停留时间，知道回家的转折点和返乡的开始。因此，诗人就问，他们在何方？

但现在，男人们
已经去了印度，

但现在——这听来几乎就像一种失望。船夫们实际上并没有留在那个受到问候的国度，后者在诗歌上代表的是希腊。男人们——在草稿中荷尔德林书作：朋友们——已经超出这个国度而远远地去了东方，恰如从前的这位诗人本身，他说到自己的漫游（《漫游》，第四卷，第 167 页）：

我却想去高加索！①

诗意创作的男人们已经更坚决地远离故乡。船夫们必须还更勇敢地处身于遗忘之中。但是，难道他们在对故乡的最大远离中恰恰不是更亲近于本己之物么？在印度这个地方，他们不是到达由向殖民地的出游到向源泉的返回的转折点了么？难道那种引导

① 高加索（Kankasos）位于黑海与里海之间的山脉。希腊神话中的盗火者普罗米修斯即被宙斯钉在高加索山的岩石上。——译注

他们航行的思想能够仅仅化为一种不思念故乡的思想么？

但现在……去了印度——这乃是信心之词。在印度河发生向日耳曼尼亚的转折。荷尔德林一首颂歌的残篇，海林格拉特给它立了一个标题，叫《山雕》；在这首诗中，荷尔德林写道（第四卷，第223页）：

但原初地
从印度河丛林
那芳香浓烈之地
双亲们来了。

140 印度河的河流之魂已经使双亲的祖籍之地变得亲熟了，并且奠定了最初的栖居。在这一河流的领域里，正在航行的男人们应当经验双亲的东西，使得自己在回家之际阅历更丰，得以去迎候在他们的原始本己之物中的双亲，并且为本原之保存而感谢他们——他们现在就在德国故乡实现这种本原之保存。对于寓居印度的男人们的怀念，仅仅是想着学会愈来愈合乎本己地知道本己之物，并且在对本己之物的自由使用方面变得更加训练有素。反过来，与此相应的是这样一回事情，即：早在许佩里翁时期，当时本己之物只还在预感中被寻求着，而命运性的适宜之物尚未寻获，那时候，那个既学又教的男人的航行就已经突入最遥远的远方之中。许佩里翁写信给伴侣本拉明（第二卷，第102页）：

好像我会对我的亚当祖先发怒，

因为他离弃了我，但我并没有对他发怒。
哦，其实他要回来！在亚洲深处隐蔽着
一个民族，具有罕见的卓越品质；他的希望
更远地把他推向那里。

但这种“**更远**”的“**远**”却没有失落那仅仅充满预感的东西的不确定性。这个“更远”并非意指一种向着更大距离的冒险航行的单纯广度。遥遥之物中最遥远的，乃是**双亲**之来源的**原初性**。在**印度**，就是那种从异己之物到家乡之物的漫游的转折位置。向那里的航行——那里发生着向“日耳曼尼亚”的转折——，把那种向异乡的出游带到它的关键位置。但这样一来，南方国度（它代表的是希腊）本身就变成为一个出发点，即那种向漫游之转折位置的航行的出发点。因此之故，诗人现在就必须不仅仅一般地命名这种出游的位置。他必须用有所强调的“**在那里**”专门来承认这样一种必然性，即：他也必然要与这个别具一格的异乡分离开来。

在那里，在那多风的极顶，
在葡萄山上，
多尔多涅河奔流而下， 141
与壮丽的加龙河
汇合成汪洋大海。

这里又一次显现出那个先行受到问候的国度，但现在却是在一种告别的问候中，这种告别于自身中包含着一种变换了的返回。

多风的极顶令人重新想到东北的“大气”和“风”，东北现在以其严厉的尖锐性期待着把船夫们带上通向“原初之物”的最遥远的远方的道路。在大海的敞开域中，备好了从异己之物到本己之物的转折的最后决断。源泉之财富开始赠送出来。其时，有阅历的诗人们为了把曾在之物保持在将来之物中，就必须已经在那里把他们的追忆固定起来了。在那里，一切都在三月季节聚集在河流及其舒缓的小桥周围，而且天空之火首次显现出来。在这位诗人还想念着遥远的船夫们以及他们在漫游途中必定要如何思考的方式时，他本己的追忆——但这种追忆却是根据返乡来思索回家的——被推入他的本质的明澈之中。

但现在，男人们/已经去了印度——现在如此说话的是个别男人的泰然宽容，这个别的男人把他的个别化经验为一种友谊的本质实现，这种友谊在诗意创作的男人们中间需要一个第一位的人，他在学会对本己之物的自由使用过程中牺牲掉了。诗人在这种追忆中知道，每一个在向异乡出游时必然变成逗留之所的位置是一个本质位置，通过这个本质位置之所在，漫游更明确地——可以说，更原初地——被转让给它本己的开端。因此，诗人也不能高估一个位置而贬低另一个位置。可是，与自己故乡有别的希腊人的国度，仍然是最初受问候的东西，并且在向漫游之转折位置航行的
142 告别中依然是最终受问候的东西。追忆着的诗人按照思想的方式运思；这种思想之谜现在已经展开了它质朴的本质丰富性。它要求它的质朴之物清晰分明地得到表达，以便成为对那些问题的一个回答，在这些问题中，回荡着那种对诗意创作的男人们的友谊之

本质的诗意沉思：有一种追忆的思想在与大海的战争中产生出来，并且赋予船夫们以灵魂——这种追忆是何种追忆呢？这种激励着那些已经返乡的“生灵”的追忆是何种追忆？

但大海取得回忆
也给予回忆，

在向大海出游时，家乡的海岸必定被付诸遗忘，而思想必定倾注于异乡国度。由于大海取得对故乡的追忆，它同时也展开它的财富。如果它的敞开域已经被行驶而过，那它就引向异乡的海岸，并且在这里唤起对异己之物的思念；人们应当学会这种思念，以便在返乡之际，在对一道带来的，而且因此转变了的异己之物的描绘中掌握本己之物。大海通过给予回忆而取得回忆。而同时，大海由于取得回忆而给予回忆。在航海中得到允诺的对异己之物的关注，在异己之物的面貌中首先唤起对本己之物的思念。但这种现在被赠送出来的追忆（它是对那种依源而行的预先思考），却又使异己之物的单纯异己特性[①]付诸遗忘，以至于唯一地只有向着本己之物而被美化的异己之物才为这个异己之物而得到保存。唯因为回忆之取得也是一种给予，而给予也是一种取得，故大海取得回忆，但也给予回忆。航海为一种追忆所贯通和支配，这种追忆回思那已离弃的故乡，并且先行思及将要赢获的故乡。但是，船夫们的

① “异己之物的单纯异己特性”原文为：das Nur-Fremdartige des Fremden。——译注

这种思念绝不能是一种纯粹的追忆，因为它总是要求一种遗忘。或许就连这种追忆也已经带回到“**家里**”，并且于自身中扣留着那些思念者。

> 爱情也把勤勉的眼睛紧紧吸引。

143 为了学会能够在本己之物中持存，诗人首先想遵循美好的对话；这种美好的对话让人听到**爱的日子**。因为爱是对于所爱者的本质的洞察目光，这种洞察目光通过所爱者的本质而洞见到爱者的本质基础。然则这种本质洞察有别于那种仅仅满足于面貌之享受的单纯观察。对爱之精神的洞察还不是拘执于面貌，而是专注于所爱者之本质，为的是通过**勤勉**的洞察，把所爱者之本质牢牢地置回到它的基础中。荷尔德林原先写道（第四卷，第 301 页）：

> 而且爱情
> 把眼睛紧紧地吸引。

爱情的有所吸引的洞察通过勤勉而发生，也就是说，它不仅仅在不断的忧心中发生，而是“有意地”发生的。不过，这种意图并不是算计的意图。它来自本质目光对于爱者的本质基础的预见。这种预见把一切都系于基础。对爱情之精神有所吸引的思念也是一种追忆。爱者先行思入所爱者的本质，但又总是必须回思到那里，即回思他们本身保持在思及的本质之中这样一回事情。现在，在船夫们的追忆和爱者的追忆中，追忆的原始本质达到最初的闪现。

追忆乃是一种固定，它思及一个牢固的东西，而思念者就遵循这个牢固的东西，以便能够固守于他们自己的本质之中。追忆把思念者固定于他们的本质基础之中。但是，船夫们的思念和爱者的思念都还不是原始的追忆。即便爱情唯一地思及爱者的本质基础，他们的追忆却保持在爱者的范围内，并且思及他们相互的归属关系。爱情的思念要求爱情的本质基础。但就其本身被当作爱情来看，它却不能够把这个基础本身建立为一个历史性故乡的所有爱 144
情的栖居的基础。船夫们的追忆固然在对异乡和对故乡的不断思念中把大地的美丽作为一切存在者的基础聚集起来。但是，这种有所聚集的对整一的思念并不就已经依源而行。为此，船夫们必须首先停泊在本土国度的海岸上，停止航海，动身向本源之近处行进。只消他们作为船夫还在航行中，那么，他们诚然是在探索某个基础，但他们所经历的本质位置却禁阻他们持存，拒不给出持存的东西。

　　但诗人，创建那持存的东西

爱情在其本质目光中洞见到的东西，乃是一个持存者。但爱的洞见并不是一种创建。船夫们探索整一的方式是一种创建。但船夫们并不创建持存的东西。因此，他们并没有原始地创建。因此，他们还不是将来的诗人总体的诗人。但什么是持存的东西呢？原始的创建在哪里呢？这两者中，一方若离开另一方便不可思议。而在它们的关联中，诗人们得以成其本质。

持存的东西——就是持存者。从愿望的主意出发，谁不知道持存者呢，即使他从没有发现过它？持存者乃是不变者。但这个不变者连同它的不变有可能在某个瞬间离去。因而只有并不离去的东西才持存，因为它并不消失，因为它是永恒的。永恒的东西显示自身为总是持留的东西。根据持久在场状态的意义，持存就在于坚持。我们这样匆匆思考持存者，几乎没有注意到，甚至一个恰恰还遗留着的残余物的剩余者，也许也总是能够持留。在这里，持存就已经失去了特色，为此我们就要期待持存者。往往我们也把
145 持存者看作那种应当把我们——就像我们所是的那样——接纳的东西，以至于我们就在持存者中现存，犹如一个在某个本身也是物性的容器中的事物。我们把持存者以及我们本身错算为事物，同时把持存的本质看作适恰的，任何理智都能理解的。尽管人类思想总是一再倾向于这种持存者，尽管荷尔德林并没有逃避这个关于持存者的观念，我们却必须倾听这首诗本身，而且仅仅倾听这首诗，因为它的结尾是对**持存的东西**的命名。在这个结尾诗句中，诗人并没有作出任何关于持存的东西的说明。他并没有指明我们首先想把捉的东西，即持存者的“内容”。在这首诗的草稿中，荷尔德林起先写道（第四卷，第 301 页）：

> 但诗人创建一个持存者。

一个持存者——而不是一般持存者，那是不确定的，在任何方面都没有特指。**一个持存者**是一种特有的持存的持存者。这样一种东西没有在诗中得到表达吗？落后的诗人让异乡国度得到问

候。但这个落后者并没有固执于一种盲目的离弃状态的僵硬中。他召唤那种东西，这种东西赋予他一种能力，使他**安于**自己的规定性之中，也即持存于自己的规定性中。这种持存把它的本质揭示在这样一个问题中：**但这些朋友们在何方**？在本己之物中持存就是依源而行。源乃是本源。大地之子的一切栖居起于本源。持存是一种进入本源之近处的行进。谁在这种近处栖居，谁就满足持存的本质。

依于本源而居者，
终难离弃原位。

并非偶然地，这个诗句出现在《漫游》这首颂歌中，而这首颂歌是以对故乡大地的赞扬开始的。（第四卷，第 167 页）持存就是几乎不能离弃本源位置。难以离弃之难来自那种依于源泉的行进的 146
畏惧，因为对所畏惧者的畏惧已经在所畏惧者中被固定起来了。但这样一来，源泉就必定是坚固的东西。它之所以是坚固的东西，是因为它作为本源而成其本质，而且仅此而已。在源泉处，那始于大海的财富得以完成。但只有当源泉**作为**源泉而被经验时，源泉才**是**财富。对源泉之为源泉的经验是这样发生的，即：它通过向异乡的漫游预先成为遥远的东西，而一种返乡在它变成回家时能够接近这种遥远的东西。那近乎本源的栖居本身必定起于这种接近。这种栖居保持着接近的方式，假如它知道（《成熟了……》，第四卷，第 71 页）：

但许多东西必须保持。
而且急需那种忠诚，

这也就是对本源之本质的忠诚。因为本源在“让起源”中超越自身，并且绝不自满。但本源不可能仅仅贫于它自身，因为它在一切让起源中预先把自身巩固于其本质基础之中。唯有返回来巩固于自身的东西，才能够从自身而来让起源，而因此又没有失去它的本质。本源通过这种在基础中的自身巩固而保持它的本质，而唯有这样，这个基础才作为一个基础而被达到。本源的自身巩固是基础的一种固定。唯在这种固定中，才有本源所特有的坚固性。源泉的本源特征绝不仅仅在于，源泉作为隐蔽的容器放出一股水流。源泉的原始涌动流回到它的基础之中。它不仅仅隐蔽于大地中，不如说，它的流动是一种自行隐蔽着的进入基础之中的庇护。因此，源泉持存于它的基础的坚固性中。所以，近乎本源而居，意思就是：遵循它在基础中的固定过程。由于这种遵循既不首先制作本源，也不仅仅像一个现成之物那样存在，所以，这种遵循就必定如此这般地遵守这种坚固性，即：它使本源在其固定过程中显示
147 出来，而这种固定过程始终是一种让起源。显示把所显示者带到近处，但又把它保持在远处。显示只接近所显示者。这种接近在其中得到保持的那种遥远愈是带有本质性，则显示就愈加切近于所显示者。所显示者在程度上始终更远，比它本身所包含的一种本质性的自行隐匿更远。但是，由此得到展开的更远的遥远却保证着显示对于所显示者的本质性的切近。因为这种切近不能根据某种空间性的距离来测量，而只能根据所显示者以及与之相应的

显示的敞开状态的方式来测量。本源在它的基础的回到自身之中的固定中让最远的遥远得以起源，并且在这种遥远中让那种纯粹的、经受着遥远的切近的可能性产生出来。本源只是如此这般地让自身显示出来，即：这种显示作为从本源中起源的漫游之返回，参与到对本源的接近过程之中。由此，显示就在本源本身的坚固性中被确定下来。这也就是说：被创建出来。据此看来，创建乃是向本源接近的持存，它之所以持存，是因为它作为通向源泉的胆怯行进，只是难以离弃那切近之位置。这种作为显示着的持存的创建所创建的，乃是创建本身。在这里，持存就是持存者。[①] 这个被创建者，诗人能够把它命名为一个持存者。唯这个被创建者才是诗人所思的持存的东西。

看起来，一种对持存与创建的空洞描述的尝试似乎是与荷尔德林这首诗的结尾一句相吻合的。但只有当我们孤立地看待这个诗句，同时还忽视掉这样一回事情，即，这个诗句——尽管有这样那样的不确定性——令人想到诗人们，这时候，上面的描述才与这首诗的结尾一句相吻合的。诗人们是半神。源泉是河流之源泉，而且是故乡的河流的源泉，这些河流的河流本质在《在多瑙河之源》《莱茵河》《伊斯特河》等颂歌中得到了诗意的描写。这些河流是诗人们的本质性精神，这些诗人们处于人类与诸神之间，对这个敞开的“之间”来说，诗人们首先必须探索他们的本质从中起源的那个基础。唯在这个敞开域中，诸神与人类才相互遭遇，如果这样一个敞开域被发送给他们的话。这个敞开域开启自身，那时，超 148

① 此处“持存”原文为 das Bleiben，“持存者”原文为 das Bleibende。——译注

越人类与诸神之上的东西到来，因为它在从高处到达之际首先让一个敞开域涌现出来，使得一个真实的东西（无蔽者）能够存在。这个预先开启着的东西就是神圣者，即不可先行创作的诗歌，它预先已经通盘创作了一切创作，因为一切创建都把所创建者固定于它之中。当节日发生时，神圣者同时向人类与诸神开启自身。在神圣者中显现出坚固的东西，诗人的本质本源就固定于其中。[①]诗人近乎本源而居，因为他显示着那种在神圣者之到来中接近的遥远。只有当诗人既思及天空之火又把这种所经历的东西带回到一种表现的必然性之中——这种表现思及对本己能力的掌握——，这时候，诗人才能看到这个到来者，并且因而成为显示者和诗人。因为，只是由于诗人在追忆漫游之曾在者以及家乡地方必须学会的东西之际，对诸神与人类保持敞开，他才具有对于敞开域的有所显示的目光，而唯在敞开域中，诸神才能光顾，人类才能建造一个住所，在此住所中，才有人类能够掌握的真实的东西。诗人把这个“之间”的敞开域显示出来，而他自己首先必须居住在其中，通过这种居住，他的道说就在显示之际遵循本源，并且因而成为一种持存，这种持存把自己巩固于那个应当进入他的词语之中的神圣者。被创建的首先只是这种创建。唯当这种持存者持存着，那种近乎本源的栖居才得到了奠基。创建现在对其本质有在家之感。创建着的栖居乃是大地之子的原始栖居；而大地之子同时也是天空之子。大地之子就是诗人们。诗人们的作诗首先只是

① 此句中的“坚固的东西”(das Feste)与上句的“节日”(das Fest)只有一个字母之差。——译注

创建。这些诗人们首先只是划定建筑地基，诸神要光顾的那座房屋必定要在此地基上建造起来。诗人们为**地基献祭**。他们并不是已经完全可以庆祝新房上梁仪式的木匠(《乡间行》，第四卷，第113页)：

> 愿木匠从崖顶上作祈祷， 149
> 而我们，已尽了我们的本分。

然则为什么这些先行道说**至高之物**的创建者，不也应当预先思考房屋建造所包含的东西，同样也思及能够保存建筑并且因而抓紧那种关系的东西呢？——这时候，诸神与人类已经进入这种关系之中了。可是，抓紧是不同于固定的行为。对固定来说，必要的是至高之物，而对抓紧来说，必要的是最严格的东西。没有一方能替代另一方。因此，着眼于对已经起源之物的抓紧来看，艺术必定退到了次要的位置。荷尔德林给品达的一个残篇立了《至高之物》这样一个标题；在他关于这个残篇的一句话中，荷尔德林道出了上面讲的这一点(第五卷，第277页)：

> 风纪规矩，只要它是人与神于其中照面的形态，即教会、国家法规以及传承下来的律令(神的神圣性，以及对人来说一种认识、一种解释的可能性)，这些以至高无上的手强有力地运用最合法的权利，它们比艺术更严格地抓住了那些生动的关系，而时代轮换，一个民族就在这些关系中照面。

但是，如果这些**生动的关系**事先从来就没有获得生命并且得以起源，也就是说，如果它们并没有在本源中确定地被创建后持存下来，那么，一切风纪规矩——哪怕它们就像它们所意求的那样严格——就不具有任何能够把它们**抓紧**的坚固性。对它们来说，在没有那种近乎本源的持存之持存者的情况下，就只剩下了空洞之虚无。这时候，这种空洞就只会推动对于那种最终真理的遗忘机制，此所谓最终真理就是：若没有存在，则甚至连虚无也不出现。

近乎本源的有所创建的栖居乃是原始的栖居，在其中，诗意的东西首先被建立起来，而要是大地之子**诗意地栖居在这片大地上**的话，他们就应当在这个诗意的东西的基础上栖居。**诗人们**的作诗现在就是持存之创建（das Stiften des Bleibens）。持存作为原
150 始的**追忆**而成其本质。这种追忆不仅同时忆及曾在者和将来者，而且它也忆及那个东西，由之出发，将来者才必定得到道说，向之返回，曾在者才必定得到庇藏，使得这个异己之物本身能够在被占有的财富中成为一个本己之物。这种追忆在对穿越异乡的漫游的思念中思及本源位置之所在。追忆根据对所通行的大海的思念而思及源泉，而源泉预先已经作为河流而汇入大海中了。河流精神把源泉带入大海之中，并且把大海带回到源泉，而源泉现在才在逆行的河流中作为源泉显露出来。河流的涌流创建持存。这个持存者提供出历史性的位置，德国人必须首先学会亲熟于这个历史性的位置，以便——当时机成熟时——能够在得到平衡的天命的某个逗留之所中栖留。唯有已经回到那种持存中的人，才会变得足够强大，去胜任这种栖留。追忆的诗意真理将在河流的**行进**中得

到保证。追忆绝不仅仅是对已经熟悉的本源的忆想。但它也绝不创造本源。不过,或许这种思念在显示本源之际把自身固定在诗的本质基础之中,因为它遵循诗的进入本源的本质,并且由于这种遵循而本身成为作诗。**追忆**乃是在适宜的诗人世界之本质中的诗意持存,而这个适宜的诗人世界在德国人未来历史的壮丽命运中节日般地显示着它的创建基础。命运把诗人发送到这个诗人世界的本质之中,并且选定他为初生的祭品。在这样一种命运发送中,诗人原始地受到问候。这个如此这般受向候者迎候着东北风,而东北风把诗人置入本土家乡的清澈之中,而且对航行的船夫们来说,东北风就是恩宠。通过东北风,朋友们中的一位与其他人处于同一种大气之中。因此,落后者能够让那个遥远的国度受到同一种风的问候,而这种风向他指引本己之物。但问候者落在后面,因为被问候者的本质通过神圣者的问候而成为一种持存了。它的持 151
存在《追忆》这首诗的诗句中得到创建。这首诗并没有"表达出"诗人的"体验",而是把诗人带入他的本质的作为诗歌被开启出来的区域之中。这首诗包藏着对那种奇妙之物的惊奇的感谢,即对受到神圣者的问候并且因而被召唤入创建之中这样一回奇妙之事的感谢。作诗的惊奇展开着那分成等级的天职之财富,这种被规定为持存的天职阶梯式上升,触及某个等级,目的也就是为下一个等级而离弃这个等级,而同时又没有遗忘这个被离弃的等级。这乃是对本己之物的漫游性亲熟的赋格曲,这个赋格曲已经诗意地被嵌入那个"**但是**"中了,而这个"但是"赋予这首诗以隐而不显的音调:

东北风轻轻地吹拂----

但是现在只管前行吧----

这的确令我记忆犹新----

但庭院中长着一棵无花果树----

但是,愿有人为我端上----

但这些朋友们在何方?----

因为财宝源自大海----

但现在----

但大海取得回忆----

但诗人,创建那持存的东西。

《追忆》是一首独一无二的自成一体的“但是”赋格曲,它命名着那个奥秘之词语,而纯洁地起源的东西[①]就是作为这个奥秘之词语在本源中持存。作诗就是追忆。追忆就是创建。诗人创建着的栖居为大地之子的诗意栖居指引并且奉献基础。一个持存者进入持存之中。追忆存在着。[②] 东北风轻轻地吹拂。

① “纯洁地起源的东西”原文为:das Reinentsprungene。——译注

② 此句原文为:Andenken ist。——译注

荷尔德林的大地和天空 152

1959年6月6日在库维利斯首府剧院(慕尼黑)荷尔德林协会会议上的演讲

1959年7月14日在斯图加特图书馆协会歌唱大厦蓝色大厅重讲一次

1959年11月27日在弗莱堡大学礼堂为普通班重讲

1960年1月18日在海德堡大学新礼堂重讲

慕尼黑演讲前言

在伊曼努尔·康德著作的某个地方,我们可以见到以下意思的话:在人们已经得到该往何处看的指示以后,人们是容易发现什么的。

面对荷尔德林,我们所有人也有这样一个指示者,那就是诺伯特·封·海林格拉特;今天上午,人们已经通过一种熟练的描绘把他的形象呈现在我们眼前了。

斯图加特演讲前言

此间有人张扬了这样一个问题:荷尔德林是不是一个语言学

家，或者是一个哲学家？在我看，他既不是语言学家，也不是哲学家，也不是两者兼任。人们往往用或者……或者（不是……就是）的方式来做裁定，但这种方式却忽视了关键的事情。何以这么讲
153 呢？因为我们并不是要求澄清荷尔德林属于我们当中的哪一种人，关键问题只是：在现时代，我们是否能够归属于荷尔德林的诗歌。

这就是我们的思考的唯一目标。它是一种尝试，要把我们习以为常的表象转变为一种质朴的、因而异乎寻常的运思经验。（转变为对那个无限关系中心的运思经验——：从作为自身伪装着的四重整体之本有事件的集置而来。）[①]

并不存在通向荷尔德林伟大诗歌的这条唯一真实的道路。多种多样道路中的任何一条，作为一条凡人的道路——都是一条歧途（Irr-weg）。

保罗·瓦雷里对于诗歌有一个说法：“诗歌乃是声调和意义之间经久不息的踌躇”。如果瓦雷里的这个说法是真实的，那么，对于诗歌的倾听，甚至进入一种倾听的先行思想，就比诗歌本身更为踌躇迟疑了。不过，这种踌躇自有其本己的深刻规定性；它绝不是单纯的动摇犹豫而已。

---

① 此句中出现的“集置”“四重整体”和“本有事件”三个词语属于海德格尔后期思想的基本词语。海德格尔以“集置”（Ge-Stell）标示技术的本质；“四重整体”（Geviert）指的是由天、地、神、人“四方”（das Vier）构成的世界；“本有事件”（Ereignis）更是后期海德格尔思想的一个核心词语，海氏试图以此词取西文传统形而上学的“存在”（Sein），并且把 Ereignis 与希腊的“逻各斯”（Logos）和中国的“道”（Tao）相提并论，我们曾译之为“大道”“本有”等，但与这里所译的“本有事件”一样，均属不可译之“强译”。关于 Ereignis 及其汉译，特别可参看海德格尔：《在通向语言的途中》，商务印书馆 1997 年；《面向思的事情》，商务印书馆 1996 年。——译注

弗莱堡大学演讲前言

在这里，有必要对我下面要讲的内容做一个开场说明。我的演讲题目叫作“荷尔德林的大地和天空”。为此，您们面前已有一篇题为《希腊》的诗文。

或许我是有意通过对《希腊》一诗草稿的解释，来说明荷尔德林关于大地和天空的想法。这或许是一个合理的计划。也许这就给出了一篇有关荷尔德林的研究论文。

但与之相比，我下面的演讲却是别有意味的，具有某种暂先的东西，即：**一个思想的实事**。通过这个演讲，荷尔德林的诗本身是否以及如何在本质上与我们相遇了，这还是悬而未决的。

关键在于斗胆一试，把我们惯常的表象方式转变为一种质朴 154
的、因而异乎寻常的运思经验。

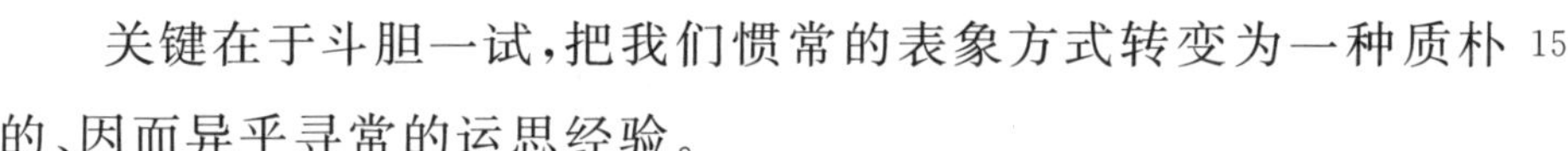

但是，我们这种转变得以在其中发生的那个领域，乃是一个出于某个诗人世界的诗意言说的领域；而对于这个诗人世界，我们依据文学和美学的范畴是绝不能掌握的。

荷尔德林究竟在何种意义上经验到这个诗人世界——不光是他自己的诗人世界呢？我们且让贝蒂娜·封·阿尔尼姆[①]来向我们说明。根据1804年出版的荷尔德林对他的索福克勒斯译文所

① 贝蒂娜·封·阿尔尼姆(1785—1859)，德国女作家，浪漫派诗人克莱门斯·布伦塔诺之妹，诗人路德维希·阿希姆·封·阿尔尼姆之妻。生前与诗人歌德交好。有《歌德与一个孩子的通信》等作品传世。——译注

做的评注,贝蒂娜·封·阿尔尼姆在《贡特罗德》[①]第一卷结尾,对荷尔德林关于诗人世界的规定做了如下说明:

> 神就这样把诗人当作箭来使用了,而弓给这支箭的节律是过于快速了;谁如果收不到这支箭并且[没有]与之相依,那他就既不会有做诗人的命运,也不会有做诗人的强壮品质;而且,这样一位诗人就未免太虚弱了,以致他不能自制,无论是在材料上,还是在先前的世界观上,还是在后来我们的意向的表象方式上,他都不能自制;此外,没有任何一种诗歌形式会向他启示出来。那些对既成形式滚瓜烂熟的诗人们,也只能重复一度存在过的精神而已,他们就像鸟儿一样飞落在语言之树的树枝上,在树枝上摇摇晃晃;而根据包含在这棵树的根源之中的原始节律来看,这样一种诗人却不会成为精神雄鹰,成为由语言的生动精神孵化出来的精神雄鹰而展翅高飞。

(贝蒂娜·封·阿尔尼姆:《全集》,W. 厄尔克编,第二卷,第 345 页)

希　　腊[②]

哦,你们命运的声音,你们漫游者的道路

---

① 《贡特罗德》是贝蒂娜·封·阿尔尼姆与其女友卡罗丽纳·封·贡特罗德(Karoline von Gunderode)的书信集(1804—1806 年间),1840 年出版。——译注

② 第三稿,依据斯图加特版,第二卷,第 257—258 页。诗中加方括号([])的两个诗句引自第二稿;同样加了方括号的词语“眼睛”和“可靠的”已列入各异文中。——原注

因为在[眼睛]的蓝色学校，
远远而来，在天空的呼啸中，
犹如乌鸫一般，鸣响着
云层的[可靠的]明朗音调
完全受神的存在调校，受雷霆调校。
而且犹如向外观望，召唤那
不朽和英雄；
记忆有许多。在那里
宛若牛犊的皮毛，大地向天空
鸣响，来自蹂躏，神圣者的诱惑
因为起初作品构成自己
跟随伟大的法则，科学
与柔和，歌之云层此后显现着
歌唱那有广阔辽亮的外壳的天空。
因为大地的中心是坚固的。
在草地岸边已经燃起
火焰和共同的元素。
对真正的沉思，天穹却长存上方。
而在纯粹的白昼
银光闪闪。作为爱情的标志
那青紫色的大地。
[但犹如圆舞
之于婚礼，]
向着渺小之物

伟大开端也能到来。
但日复一日,奇妙地热爱人类
神穿着一件衣裳。
他的容颜对认识遮蔽自身
并用艺术掩盖空气。[1]
还有空气和时间掩盖
那可怖之物,就是与祈祷完全不合地
把它热爱,或者那就是
心灵。因为久已开放着
犹如要学习的图画,或者线条和角规
自然
和黄色的太阳和月亮,
但那时候
大地的古老形态就要结束,
156 因为它已在历史中生成,
勇敢地搏斗着,犹如大地之神
通向高空。但它限制着
未经测量的步伐,却犹如金黄的花朵
心灵的力量把心灵的亲缘关系联合,
美更喜欢
在大地上居住,而且无论何种精灵

① 根据海德格尔在下文做的阐释,此处"空气"(Lüfte)一词是荷尔德林诗集编辑者的误识,应为"眼睑"(Lider)。——译注

都更共同地与人结伴。

甜蜜的事情是，那时居住在树丛和山丘的
高高阴影下，阳光灿烂，在那里铺设了
通向教堂的石路。但是旅行者，是谁人，
出于生命之爱，总是测度着，
脚步听从谁人，
道路更美地盛开，在那里疆土

荷尔德林的大地和天空

大地和天空——这个说法指示着一种关联。连词“和”虽然表达出这种关联，但并没有道出这种关联是什么，以及这种关联如何能够存在，它是否自为地持存，它是否远远而来。在此情形下，这种关联就必定归属于一种更为丰富的关系；也正是根据这种关系，大地和天空才获得它们的规定性。

荷尔德林向我们道出个中情形。我们想倾听之。我们试图通过对一首诗的草稿的沉思来倾听。这首诗题为《希腊》。可是，我们人作为终有一死者，只有当我们从自身而来对那个想对我们允诺自己的东西先行道说之际，我们才能够倾听。这个被先行道说的东西，并不需要超过那个被允诺的东西，但必须迎合后者。因此，我们坚持一点，就是要从那个在当前世界时代里与我们相关涉的东西出发来倾听这首诗。恰恰在这个时候，诗人本身在得到了清晰的分辨之后，从其本己而来向我们说话。

157 摆在我们眼前的是《希腊》一诗的草稿，它是荷尔德林后期创作的，当时，荷尔德林的漫游已经归于宁静，已经进入西方亦即傍晚之国的本己特性中了。[①] 但这时候，荷尔德林本人称之为“早晨之国”的“希腊”又如何呢？而如果说荷尔德林比从前更迫切地不管多晚还在呼唤着希腊，那么，他必定最终已经达到一种最极端的对希腊的爱慕了。

这件事情的发生及其准备过程的情况，有一个巨大的证据告诉了我们。那是一封书信。荷尔德林兴许是在1802年晚秋写这封信的，是在他春季从法国南部回到家乡后，从纽廷根写给他的朋友波林多夫的（海林格拉特版，第五卷第二版，第327页以下；斯图加特版，第六卷，第240号；第六卷，第1086页以下）。

这封信如下：

我亲爱的朋友！

久未给你写信了。此间我在法国，看到了可悲的、孤独的大地；法国南部的牧人和零星的美景，那些在爱国疑惑和饥饿的畏惧中成长起来的男人和女人们。

那种巨大的元素，天国之火和人类的宁静，人类在自然中的生活，以及他们的局限性和满足感，持续不断地紧紧把我抓住，而且正如人们重复英雄所讲的话，我也完全可以说，阿波

---

① 此处“西方”(das Hesperische)一词源自希腊文的 hesperia，后者有“西方”和“傍晚”两义，如同德文中表示“西方”的 Abendland 一词，在字面上也有“傍晚之国”的意义。此句中的“西方”即“傍晚之国”(das Abendländische)与下句的“早晨之国”(das Mögetilandische)相对。——译注

罗击中了我。

在与旺代[①]交界的地带，令我感兴趣的是那种野蛮的好斗的东西，那种纯粹男性的东西；对于这种东西来说，生命之光在眼睛和肢体里变得直接而贴近，这种东西在死亡感中犹如在一种精湛技艺中得到感受，并且实现了它的认知渴望。

南方人处于古代精神的废墟中，他们的身强力壮使我愈加熟悉了希腊人的真正本质；我了解了希腊人的天性和他们的智慧，他们的身体，他们在他们的气候中生长的方式，以及他们借以在元素之伟力面前保护其高傲天才的法则。

这决定了他们的大众性，决定了他们接受外来性情以及感染外来性情的方式，因此，他们具有自己的活生生地显现出来的独特个性，以至于可以说，希腊意义上的最高理智就是反

思力，而且，当我们把握了希腊人的英武形体时，我们就可理 158
解这一点了；它[希腊人的大众性]乃是柔和，犹如我们的大众性。[②]

古代人的面貌给我一个印象，这个印象不只是使我更加理解了希腊人，而且使我一般地更加理解了艺术中至高的东西；这种艺术甚至在概念的至高运动和现象化过程之中，但它又在保持一切之际并且自为地包含着一切具有重大意义的东西，以至于在这种意义上，可靠性就是至高的标志方式。

① 旺代(Vendee)：法国省名。——译注

② 诺伯特·封·海林格拉特早在此段落中猜测到一种书写错误。贝克(斯图加特版，第六卷，第1089页)对此段落做了一个在我看来是贴切的补充："它乃是柔和，犹如我们的大众性是冷静"。——原注

对我来说，急需在经历了某些心灵的震动和感触之后稳住自己，稳住一些时候，而且我此间就生活在我的故乡城市[荷尔德林是在从法国回来后才知道狄奥蒂玛之死的]。[1]

我研究家乡的自然愈多，家乡的自然也就愈强烈地抓住了我。雷雨，不单单在其至高的显现之中，而恰恰在这种景象之中，作为力量和形态在天空的其他形式中，还有光，不断作用的光，民族性地构成着，并且作为原则和天命方式构成着——这对我们来说就是某种神圣的东西，它来去匆匆的冲动，蛮荒的特征，以及自然的不同特征在某个地带中的同时发生，使得大地所有神圣的位置都集中在一个位置上，而现在萦绕在我窗口的哲学之光就是我的欢乐；但愿我能把它保持，如我已有的，直到此刻！

我亲爱的！我想，我们诗人直到我们这个时代都没有受到评论，而倒是一般歌唱方式将取得另一种特征，而且，我们将不能复元，因为我们——从希腊人以来[“祖国错失了”希腊人，海林格拉特版，第四卷，第264页]——重新开始真正原初地为祖国和自然歌唱。

请赶紧给我写信。我需要听到你的纯粹声音。朋友的心灵，在对话和通信中观念的形成，这是艺术家所必需的。否则的话，我们就没有一样东西是为我们自己的了；而这样一种东

① 狄奥蒂玛(Diotima)：人名，原为柏拉图《美诺篇》(*Menon*)中虚构的苏格拉底的启蒙人。在荷尔德林那里则为其情人苏赛特(Susette)的诗名。——译注

西属于我们所塑造的神圣形象。

祝你幸福！

你的荷尔德林[①]

若要以一种得体的方式沉思这封书信，就需要许多时光，并且 159
要有良好的时机。眼下，一切都不得不从简，我们只关心三件事情。这三件事情又是共属一体的。

首先，我们要思考一下，荷尔德林现在才"愈加熟悉了希腊人的真正本质"，这到底是怎么回事？

其次，我们要思考那个位置——达到此位置后，诗人才把他的

① 您们中的某些人已经知道，这封信与作者一年前去法国南部漫游之前写给同一位朋友的那封信一道，在某个探讨语境中已经被引用过了——即在探讨人们所谓的荷尔德林的"西方的转折"(die abendländische Wendung)以及荷尔德林本人(可能意思是不同的)在"祖国的返回"(die vaterländische Umkehr)的名义下思考的东西时，已经被引用过了。不过，对于荷尔德林有关"祖国"和"民族"的讲法，我们必须根据他的思想的意义来倾听，也即说，我们必须把这种讲法从我们通常狭隘化了的观念中解放出来。所谓"祖国"(Vaterländische)指的是"国"与"父"(作为至高的神)的关联，指的是这种施与生命的"关系"，人由于拥有某个"命运"而置身于这种"关系"中。同样地，"民族"(Nationelle)指的是"诞生"(nasci，natura)之"国"，正如它作为开端规定着持存者：

因为最有能力的
还是诞生，
和照到新生儿的
那一缕光线。

颂歌《莱茵河》中的这四句诗包含着一种对上面提到的名称的预示。荷尔德林对"祖国的返回"和"民族"的沉思，在这里还没有得到关注；这绝非仅仅由于其中的某些东西还难以解说，整体的意义还没有明确地确定下来，而是由于荷尔德林最后克服并因而超越了他的道路的那个阶段，即他以"祖国的返回"为名所深思的那个阶段。正是这一点向我们说明了为什么有《希腊》这首后期诗歌——当然只是草稿。——原注

漫游道路保存入记忆之中；我们同时要关注使这样一种追忆得以进行的那道光亮。

最后，我们还要思考一下荷尔德林所讲的“艺术中至高的东西”。

但所有这些都仅仅出于一个准备性的意图，就是要更细心地倾听《希腊》这首诗的草稿关于大地和天空以及两者之关联所道说
160 的东西。在此我们始终处于一个危险中，即：我们会听错。这个危险是本质性的、巨大的，以至于任何一个力求更好认识的愿望都排除不了它。

“南方人处于古代精神的废墟中，他们的身强力壮”使荷尔德林更加清晰地看到了希腊人的真正本质。荷尔德林并非独自隔膜地经验到这种“身强力壮”，而是在古代精神的元素中经验到它的。在希腊语中，动词 ἀθλέω 意味着：斗争、搏斗、把捉和承担。以希腊方式来看，这种身强力壮把一切互相搏斗的东西交互地带向显露并且使之保存下来。身强力壮就是 πόλεμος[战争、斗争]意义上的英勇“好斗”，即那种斗争，赫拉克利特把它思为运动，在这种运动中并且对这种运动来说，诸神与人类、自由与奴役进入它们的本质的闪烁之中而显露出来。“英武形体”的身强力壮既不是纯粹感官的，也不是造型方面的。它是精神的闪烁，这种精神进入其身段和形态之中脱颖而出，并且容身于其中。

“希腊意义上的最高理智”乃是“反思力”。在这里，所谓“反思力”意思是：让一切在其本身中纯粹地闪现并因此而在场的东西重新闪现出来的能力。而在这种闪现中在场的东西就是美。身强力壮与反思力，是使美闪现出来的两种方式，两者本身是统一的。因

此，荷尔德林能够写道，一方只有与另一方统一起来才可理解。它们是一体的，共属于荷尔德林所谓的“柔和”。这种“柔和”构成希腊人的“大众性”的基本特征，亦即他们本土的本质的基本特征。我们将把“柔和”一词与反思力的意思合在一起，在《希腊》这首诗的草稿中重新来倾听“柔和”一词。

直到十八世纪为止，从而在荷尔德林那里亦然，“柔和”一词都有一种崇高的、广大的、非感伤的意义。

在《帕特莫斯》一诗的一个后期稿本中，荷尔德林把希腊称为“身强力壮的眼睛的青年国度”（斯图加特版，第二卷，第 180 页）。
这种眼睛的目光就像任何一种真正的目光一样富有灵性，在形体 161
中不断熠熠生辉。这种眼睛洞察到闪现者，只是由于它们事先已经为这种闪现者所照耀和注视了。“身强力壮的眼睛”洞察到美。美乃是以希腊方式被经验的真理，就是对从自身而来的在场者的解蔽，即对 φύσις[自然、涌现]，对希腊人于其中并且由之而得以生活的那种自然的解蔽。荷尔德林对希腊人的真正本质的更高认识，是信中谈到的第一个实情。

与之不可分的另一个实情，包含在荷尔德林对那个位置的指示之中，由此位置而来，现在才获得的对于希腊本质的认识得到了命名。

“大地所有神圣的位置都集中在一个位置上，而现在……就是我的欢乐”。通过诗人现在居住的这个位置，大地对诗人来说重新成为大地了。作为天国要素的构造，大地庇护并且承荷着神圣者，亦即神之领域。大地之为大地，仅仅是作为天空的大地，而天空之为天空，只是由于天空高屋建瓴地对大地产生作用。天空的种种显现，从至高的闪电，直到“其他形式”，在这封信的前面几个句子中已经提到了。闪电与目光乃是同一个词。[①] 在目光中有存在(Dasein)。因此，雷雨被叫作“神的存在”。大地和天空以及在神圣者中遮蔽着的诸神，所有这一切，对于诗人寂静而欢乐的音调来说，都是在源始地涌现出来的自然整体中当前化的。自然在一种特殊的光中对诗人显现出来。

“而现在萦绕在我窗口的哲学之光就是我的欢乐”。这种光乃是那种光亮，它在“让……重新显现”的能力中，在反思力中，使一切在场者具有在场之亮度。这种光的特殊之处，即它是“哲学的”光，来自希腊；这一点已经由它的名称 φιλοσοφία[哲学]透露出来了。在这里，存在之真理已经作为在场者的闪现着的解蔽而原初地自行澄明了。在这里，真理曾经就是美本身。

162 着眼于此，从这封书信中得到强调的第三个实情即可得到廓清。下面这个句子道出这个实情：

> 古代人的面貌给我一个印象，这个印象不只是使我更加理解了希腊人，而且使我一般地更加理解了艺术中至高的东西；这种艺术甚至在概念的至高运动和现象化过程之中，但它又在保持一切之际并且自为地包含着一切具有重大意义的东西，以至于在这种意义上，可靠性就是至高的标志方式。

作为显示着的让显现——让不可见者显现出来，艺术乃是至

① 此处“闪电”(Blitz)与“目光”(Blick)都有“闪光”的意思。——译注

高的标志方式。这样一种显示的根据和顶峰又是在作为诗意歌唱的道说中展开出来的。[①]

但对希腊人来说，有待显示的东西，亦即从它本身而来闪现者，也就是真实(das Wahre)，即美。因此之故，它就需要艺术，需要人的诗意本质。诗意地栖居的人把一切闪现者，大地和天空和神圣者，带入那种自为地持立的、保存一切的显露之中，使这一切闪现者在作品形态中达到可靠的持立。所谓“在保持一切之际并且自为地包含着”——意思就是：创建(stiften)。

因此，荷尔德林这封信不只是**关于**希腊的谈论。希腊本身就在大地和天空的闪现中，在把神掩蔽起来的神圣者中，在作诗着和运思着的人类本质中，走近人之本质，在一个唯一的位置那里达到人之本质，而在这个位置上，人诗意的漫游已经获得了宁静，为的是在这里把一切都保藏入追忆之中。

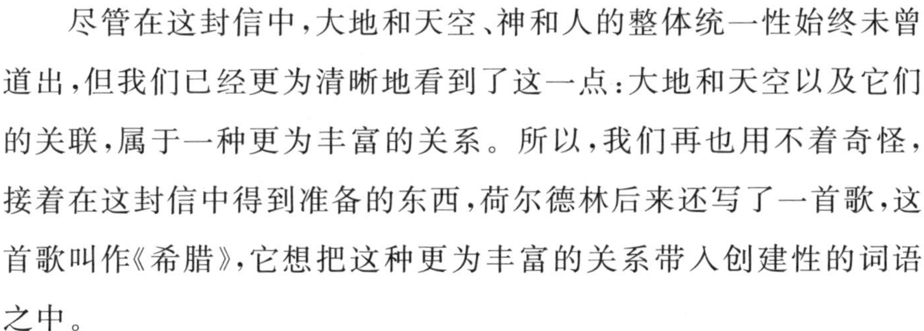

尽管在这封信中，大地和天空、神和人的整体统一性始终未曾道出，但我们已经更为清晰地看到了这一点：大地和天空以及它们的关联，属于一种更为丰富的关系。所以，我们再也用不着奇怪，接着在这封信中得到准备的东西，荷尔德林后来还写了一首歌，这首歌叫作《希腊》，它想把这种更为丰富的关系带入创建性的词语之中。

大概与《希腊》一诗的草稿同时，荷尔德林还写下了另一个草 163
稿。后者没有标题，事后添加上去的题目《梵蒂冈》是令人迷惑的。

① 这里的“标志”(Zeichen)、“显示”(Zeigen)、“道说”(Sagen)三个动词(动名词)在海德格尔那里都具有“让显现”(Erscheinenlassen)之义。——译注

这首诗到下面几行就中断了(斯图加特版,第二卷,第253页,第45行以下):

> 完全宁静。金红。而永久大地的叶脉
> 在神之作品中鸣响
> 以明确的建造方式,在绿色之夜
> 还有精神,柱子序列,现实地
> 整个关系,连同中心,
> 和闪烁着的

我们现在只关注"现实地/整个关系,连同中心"这些词语,并且以猜度的方式,把它们理解为表示那个大地和天空、神和人之整体的名称。我们可以根据荷尔德林在早期霍姆堡[1]时期所写作的《哲学残篇》,把包含着大地和天空以及它们的关联的"整个关系"称为"更为柔和的无限的关系"。在这里,"无限的"这个规定是在谢林和黑格尔的思辨辩证法意义上来思考的。

所谓"无限的"(un-endlich)表示,这种关系的各种结局和方面,这种关系的各个区域,并没有被切割开来,并不是片面地自为地持立的,相反,在消除了片面性和有限性之后,它们在那种关系中无限地相互归属,而这种关系"普遍地"根据其中心而把它们集合在一起。这个中心之所以被叫作中心,是因为它起着中介作用;它既不是大地,也不是天空,既不是神,也不是人。在此要思考的

① 霍姆堡(Homburg):地名,位于今德国萨尔州。——译注

无限者截然不同于单纯无终结的东西，后者由于其千篇一律状态而不允许有任何增长。相反地，大地和天空、神和人的“更为柔和的关系”，可能成为更无限的。因为非片面的东西可能更纯粹地从那种亲密性中显露出来，而在这种亲密性中，所谓的四方得以相互保持。①

如果我们如此这般来思考对这封信所说的话，那么，荷尔德林的这封信就会把我们也需要的东西馈赠给我们——那就是“观念的形成”，也即那种观念，我们面对《希腊》这首歌必须预先思考这 164
种观念，以便从中倾听诗人如何歌唱大地和天空，亦即如何诗意地召唤大地和天空。

《希腊》这首歌这样开头：

> 哦，你们命运的声音，你们漫游者的道路

第一草稿的开头是：“漫游者的道路！”此前还留出了一段空白。因为荷尔德林预先就明白，这些道路是从别的地方并且远远地得到规定的。谁是漫游者呢？也许就是这位诗人本身。但在这里，诗人实际上已经到达他的位置上了。漫游已经结束了。这时候，“你们漫游者的道路”这个呼声，始终是对过去作诗活动的道路的追忆。只不过，这样一种道路的结束并不是由于它们终止了。这些道路结束了，是由于它们安静下来，而这却是由于它们聚集到完成之宁静的歌唱中。但是，歌唱却逗留在一种持续的漫游和旅

① “四方”(die Vier)即“天”“地”“神”“人”。——译注

行中，这种漫游和旅行不断地以诗行音步的格律，以诗意道说的尺度来测度它的步伐。这样一个旅行者的道路，比那些通常所做的航行还更美。诗意创作的道路更美，因为这些道路所穿过的那片疆土——并且因此才构成一片带有道路的疆土——乃是美之领域，而那种无限的关系就在其中闪现出来。《希腊》一诗的草稿结束于下面几行诗（第 48 行以下）：

……但是旅行者，是谁人，
出于生命之爱，总是测度着，
脚步听从谁人，
道路更美地盛开，在那里疆土

草稿至此骤然中断。这是偶然的么？或者，是由于那种无限关系的风光已经征服了诗人，更本真地向诗人开启出来了，是由于希腊现在以其最本己的东西接近诗人，而且是以这首题为《希腊》的歌的草稿所唱的那种方式接近诗人？

165 不过，我们还不可放过第 48 行“但是旅行者……”中的“但是”。这位漫游者，即诗人，被区别于紧靠着的前面几个诗句所道说的东西（第 46 行以下）：

甜蜜的事情是，那时居住在树丛和山丘的
高高阴影下，阳光灿烂，在那里铺设了
通向教堂的石路。

诗人知道那些可以在通向教堂的坚固道路上来回行走的人们的幸福。这条道路并非他的道路。但是,荷尔德林也没有否认与“教堂”的近邻关系——“在可爱的蓝色中闪烁着”,这座“教堂的金属尖顶”。

从这种近邻关系中产生出一首后期的歌。只不过,即便这首后期的歌也还是一种漫游。这种漫游一直行进到“存在于希腊的”“爱神木”,[①]到“有一只眼也许已太多”的“俄狄浦斯王”“拉伊俄斯之子”[②],即“希腊可怜的异乡人”。这首歌的结尾唱道:

生就是死,而死亦是一种生。

因此,在《希腊》一诗的草稿第49行指出的“生命之爱”,就蕴涵着更为深刻的东西。它包含着死。由于死到来,死便消失了。终有一死的人去赴那生中之死。在死中,终有一死的人成为**不**死的。[③]

“……你们漫游者的道路”——先行于此的是“命运的声音”。在此何谓“命运”呢?如若意同往常,那就只有当我们注意到命运如何得到命名时,我们才能把握它。“哦,你们命运的声音”。声

① “爱神木”(Myrthen):为欧洲南部的一种植物,属桃金娘科。——译注

② 拉伊俄斯(Laios):为希腊神话中忒拜国王,俄狄浦斯之父,为儿子所杀。故“拉伊俄斯之子”即俄狄浦斯。——译注

③ 此句原文为:Im Tod werden die Sterblichen un-sterblich。后期海德格尔大致区分了两种“死”:一为与“生”(Leben)相对的“死”(Tod),是“生”的终止;二为动词性的“死”(Sterben),有时可译为“赴死”。眼下这个句子中的“终有一死的人”(die Sterblichen)——后期海氏对人的命名——和“不死的”(un-sterblich)均以动词sterben为词根。——译注

音？声音在鸣响。在哀歌《面包和美酒》第四节中，诗人有一问："而伟大的命运在何处鸣响?"其中所联想的正是这一节开头所召唤的"极乐的希腊"，伟大的命运向着它鸣响并且就在其中鸣响。

"命运的声音"响彻何处？是什么在鸣响？第二行以下的诗句说道：

> 因为在眼睛的蓝色学校，
> 远远而来，在天空的呼啸中，
> 166 犹如乌鸫一般，鸣响着
> 云层的明朗音调
> 完全受神的存在调校，受雷霆调校。

鸣响者是天空。天空的声音是云层的明朗音调。对进入被展现者之中的云层进行调校的，恰恰就是它们于自身包含着的那种东西，即："雷霆的至高显现"，闪电、雷声、风暴和雨点。其中隐藏着神之在场。尽管雷暴云层掩蔽着天空，但它们归属于天空并且显示着神的欢乐。因此，云层"完全受调校"，亦即处于它们的适当规定中。①

在草稿中起先有"云层的可靠音调"一句。在这里，"可靠"是指 securum，即无忧的宁静。由于被调校人本己的规定之中，亦即成为天空的"纯粹外壳"（天空响彻这个外壳），故云层尽管有种种呼啸，却仍然是宁静的。

---

① 在此上下文中，中译文未能很好地传达"声音"（Stimme），"音调"（Stimmung）、"调校"（stimmen，或译"调音"）和"规定"（Bestimmung）等词语之间的字面和意义联系。——译注

天空鸣响着。这乃是命运诸声音中的一种。另一种声音是大地。大地也鸣响(第 9 行以下)：

……在那里
宛若牛犊的皮毛，大地向天空
鸣响，

正如击响的鼓的皮革在以其方式隆响之际对鼓的敲击发出回声，同样地，大地回响着闪电和“暴雨”的打击(《希腊》，第一稿，斯图加特版，第二卷，第 254 页，第 6 行)。大地的鸣响是天空的回声。在回响中，大地以自己的歌唱回答天空。

一个后期的残稿说(斯图加特版，第二卷，第 334 页)：

永远地，亲爱的！
大地运行，天空保持。

大地往何处运行，在哪些道路上运行呢？

……在那里
犹如牛犊的皮毛，大地向天空
鸣响……　　(第 9 行以下) 167
跟随伟大的法则，科学
与柔和……　　(第 13—14 行)

大地“跟随伟大的法则”。这里所谓的“法则”，乃是伟大命运的指令意义上的 νόμοι，这种伟大命运指引和遣送每一事物，使每一事物按其本质而被用于何处。这些法则没有被描写出来，因为它们是不可描写的。这些法则规定着整个关系的无限联系。正如荷尔德林已经在霍姆堡时期的《哲学残篇》（海林格拉特版，第三卷，第 261 页）中说明的，这些法则乃是“安提戈涅所谈论的”法则。

索福克勒斯的《安提戈涅》第 456—457 行：

> οὐ γάρ τι νῦν γε κἀχθές, ἀλλ' ἀεί ποτε
> ξῆ ταῦ τα κοὐδεις οἶδεν ἐξ ὅτου φάνη.

> 并非今天的亦非昨天的，而是不时地
> 它们（指令）出现，而没有人
> 在它们得以闪现的地方看到它们。

大地顺应于伟大的法则。以哪些道路呢？这些道路已经被道出（第 13—14 行）：“科学与柔和”。“科学”，这个词简单讲来就如同在这里，在荷尔德林的老师费希特和朋友黑格尔意义上所指的意思：“科学”是思想家的思想，这种思想从希腊获得了它的名称以及它的本质。思想的光亮规定着这位诗人借以“往外看”的“萦绕窗口的光”。

“与柔和”——我们在那封致波林多夫的信中听到过这个词。“柔和”标志着希腊人的“大众性”。大众性（popularitas）乃是对那种东西的最高的爱慕能力，以及对那种东西的最彻底的传达能力，这种东西作为外来的东西命运般地击中了一个在其本土要素中的民族。希腊人的大众性乃是柔和。在柔和中，英武身体的身强力壮与反思力共属一体。柔和，它令人欢乐的有所端呈而同时又简单地有所接受的本质，与科学一道，与运思着的“让重新闪现”一 168
道，使大地和天空保持敞开。两者构成大地对天空的关联，因而同时也是天空的。

荷尔德林的“夜之歌”中的一首题为《流泪》，这首歌歌唱希腊，按创作时间来看，处于他致波林多夫的信与《希腊》一诗的草稿期间。这首歌的开头如下：

> 天空的爱！柔和的爱！如果我把你遗忘，
> 　　如果我遗忘，哦，你们命运般的东西，
> 　　　你们火热的东西，充满灰烬
> 　　　　本来就已经荒凉而孤独
>
> 你们亲爱的乐园，仙界的眼睛！
> 　　因为你们现在唯一地只向我袭来，
> 　　　（斯图加特版，第二卷第 58 页；
> 　　　　海林格拉特版，第四卷第 70 页）

大地鸣响，被调校入“天空的回声”中。大地通过“科学与柔和”而鸣响；“科学与柔和”，这大地上的两者，响应着命运。以何种语言响应呢？首先是天空在鸣响。大地向着天空鸣响。而此后呢？第 14 行以下的诗句说：

……歌之云层此后显现着
歌唱那有广阔辽亮的外壳的天空。

歌之云层“此后显现着”歌唱。此后，在其鸣响于天空之后，在大地的回响之后，歌之云层在哪里并且如何显现出来呢？此后，这种歌唱只能是那首歌，即那首从大地而来召唤天空并且因而同时是天空—尘世上的歌。第7—8行诗说：

而且犹如向外观望，召唤那
不朽和英雄；

歌者的召唤乃是一种向着不朽的观望，也即向着那种隐蔽入神圣者之中的神性的观望。这种召唤犹如一种向外观望，从大地向外观入天空之辽远。这是在歌者的尘世歌唱中观看与召唤的奇
169 妙同一性。但是，这种同一性仅仅吻合于天空之目光与声音的同一性。天空作为鸣响着的天空，乃是“眼睛的蓝色学校”。守望着命运之声音的召唤，在天空之蓝色中进入学校。在《哥伦布》一诗的草稿中（斯图加特版，第二卷，第242页），荷尔德林说：

而亟需之事，
就是追问天空。

眼睛的蓝色学校是那种东西，由之而来，那“仙界的眼睛”，即希腊的乐园，“它们的英雄和神圣者”，在反观中学习命运性的东

西。在夜之歌《流泪》第三节中，荷尔德林唱道：

因为太可感谢，神圣者
　已经在那里效力于美之白昼
　　和激怒的英雄；①

向不朽观望的召唤乃是受命者的召唤。受命者在“诗人天职”中接受歌唱之使命。如此这般召唤者因此本身就成为命运的一种声音。他们的“对不朽的爱”，亦即对神性的爱，“是一个神的”（《什么是神？》，斯图加特版，第二卷，第210页，第6行以下）。这样一种爱归属于神，但依然还是一个外来者，神顺应这个外来者，犹如顺应歌之云层。因为就连神也还要服从命运。神乃是命运之声音中的一种。关于神，《什么是神？》一诗如是说：

一种东西越是
不可见，就越是顺应于外来者。

它顺应于外来者，也就是说，它适应并且把自身带入外来者之中。因此，歌者有所观看的召唤不能洞见到神本身的容貌。歌者

① （校勘时的注释）对《流泪》一诗的上列第三节和前面第一节的引用，同时应有助于下面这个有意未加说明的意图，即：为《希腊》一诗第11行“来自蹂躏，神圣者的诱惑”一并给出一个提示，提示了本演讲的某些听众所惦记的对它的可能阐释。——原注

170 是盲目的。神只是通过遮蔽自身而在场。因此之故，盲目的歌者在歌中道说神的方式，就必定是一种艺术，一种把他的眼睑掩盖起来的艺术。歌者的作诗所构成的观念属于神圣的图像，也即属于遮蔽着神的神圣者的面貌。但是，从大地出发向着天空召唤的歌，倘若没有神的声音就不是声音了，而神的声音保护着面临“可怖之物”(第30行)的人类。神为了召唤着的观看而顺应于遮盖，神由此就“日复一日”并且“广大地处处”显示出来；这一情况乃是命运的这种声音的奇妙之处。《希腊》一诗第25行以下说：

但日复一日，奇妙地热爱人类
神穿着一件衣裳。
他的容颜对认识遮蔽自身
并用艺术掩盖眼睑。

根据原稿的笔迹和主题来看，我们不可把第28行中的一个词读作“空气”或“图像”，甚至读作“爱”，而宁可把它读作“眼睑”。[①]荷尔德林指的是那种眼睛的眼睑，这种眼睛的学校就是天空的蓝色。

于是就有四种声音在鸣响：天空、大地、人、神。在这四种声音中，命运把整个无限的关系聚集起来。但是，四方中的任何一方都不是片面地自为地持立和运行的。在这个意义上，就没有任何一

① 《希腊》一诗是草稿，其中有的词语难以辨识。第28行中的一个词，有人识为“空气”(Lüfte)或“图像”(Bilder)或“爱”(Liebe)，海德格尔则认为是“眼睑”(Lider)。——译注

方是有限的。若没有其他三方,任何一方都不存在。它们无限地相互保持,成为它们之所是,根据无限的关系而成为这个整体本身。

因此,大地和天空以及它们的关联,归属于四方的更为丰富的关系。荷尔德林本人并没有专门思考“四方”这个数目,无论在哪里都没有道出“四方”这个数目。但是,对他的全部道说来说,“四方”普遍地已经根据它们的并存状态的亲密性而得到洞见了。它们已经在源始意义上被列数了,也即在对它们的共属一体性的“古老的(几乎闻所未闻的)道说”的描述意义上得到了列数。所谓“四方”,并非指示一种被计算的总数,而是指示着命运之声音的无限关系从自身而来统一的形态。那么,这种命运本身呢?它的声音向我们道出了命运的什么呢?由于它把它们(即整个关系)聚集在

自身那里而加以保持,它便发送出互为的四方。于是,或许命运就 171
是“中心”(die Mitt),这个“中心”起着中介作用,因为它首先使四方进入它们的互属之中而确定下来,把四方发送入这种互属之中。命运使四方进入其中从而取得自身,命运保存四方,使四方开始进入亲密性之中。在一首题为《形态与精神》的诗中,荷尔德林说:“万物亲密地存在”(斯图加特版,第二卷,第 321 页;海林格拉特版,第四卷第二版,第 381 页)。作为整个关系的中心,命运是把一切聚集起来的开端(An-fang)。作为鸣响着的伟大命运,这个中心就是伟大的开端。

但一个开端以何种方式存在呢?只要开端保持在到来中,开端就在场着。因为那种把四方聚集入亲密性之中心中的确定,乃是一种最初的到来。开端保持为到达。开端越是切近地保持在那

种可能性之中，即：它能够到来，并且在其到来中带出和发送出它在自身那里保持的东西，亦即无限的关系，则开端就越是持久的开端。但这样一来，与伟大开端之到来相应的，必定有某种伟大的东西，这种伟大的东西能够伟大地把握住开端，亦即能够预先伟大地期待开端。

而荷尔德林对此却有别样说法（第23—24行）：

> 向着渺小之物
> 伟大的开端也能到来。

这个渺小之物在哪里呢？我们必须在荷尔德林通过哲学之窗向外观望之际得以发出呼唤的那个地方，来寻找这个渺小之物。那就是这一个位置，对他来说所有神圣的位置都集中在这个位置上了。

有一首颂歌的草稿开头如下：

> 但如果天国已经建造好，
> 大地上就寂静无声，
> 并且以完好的形态
> 矗立着受到震惊的群山。

（斯图加特版，第二卷，第222页，第1行以下）

在这首颂歌中，荷尔德林说：

但现在，它盛开
在贫瘠的位置。
而且意愿 172
极其伟大地矗立。
（第 18 行以下）

现在，在开端性的建造的伟大骚动已经平息之后，“起初作品已经构成”（第 12 行），现在，那种建筑已然矗立，而对这种建筑，荷尔德林说（斯图加特版，第二卷，第 723 页）：

从深处取得，
又自上而下建造起来。

它就是无限关系的建筑。现在“它盛开在贫瘠的位置”。盛开是对于成熟和果实的欢乐地期望着的准备。无限的关系迎面期望着这一点，即：它有朝一日在贫瘠的位置伟大地矗立，因而响应伟大的开端。正如弗里德里希·巴斯纳所断定的，荷尔德林的另一首同时创作的颂歌草稿，则以其诗行掩盖了整体的“核心词语”，也即“一个隐秘的位置”。（参看《日耳曼尼亚》第五节）这“一个位置”，诗人在其隐秘国度里发现的这“一个位置”，作为贫瘠的（和隐秘的）位置，属于那个渺小之物，即“伟大的开端也能达到”的那个渺小之物吗？而这种伟大的开端如何到来呢？

在关于伟大开端之到来的诗句前面的两行诗，包含着这个问题的答案：

> 但犹如圆舞
> 之于婚礼，

这话听来令人惊讶。圆舞竟是伟大之物，而婚礼竟是渺小之物么？人们的看法倒是反过来的！再有，如果我们思量一下，这个“但犹如……”并非引出一种单纯的比较，而是道出纯粹的实事本身，道出伟大的开端也能达到渺小之物的方式，那么，就更增生出令人惊讶的东西。这样的话，婚礼倒会是渺小之物。只要这时候另一个东西达到婚礼，婚礼始终被指引入到来者之中，那么，婚礼也就归属于到来。它本身就是到来者。在颂歌《莱茵河》第十三节开头（斯图加特版，第二卷，第147页，第180行），荷尔德林说到这种婚礼：

> 这时，人类与诸神欢庆婚礼，

173 新娘就是天空的乐曲要达到的大地。所以，诗人的一个后期草稿说（斯图加特版，第二卷，第253页，第44行）：

> 这时，天空之婚曲到来。

婚礼乃是大地与天空、人类与诸神的亲密性之整体。它乃是那种无限关系的节日和庆典。婚礼唯在“这时”才到来。“这时”是何时呢？它的时间是何种时间？它的时间决不可计算。这样一种时间为着在有所观望的召唤中的期待而产生。在这里，时间始终是指适当的时间，其时它就是历史性的瞬间。这个历史性的瞬间具有它本己的“这时”。当大地上寂静无声，当伟大的开端已达到渺小之物，这时又如何呢？荷尔德林说（第 19—22 行）：

……对真正的沉思，天穹却长存上方。
而在纯粹的白昼
银光闪闪。作为爱情的标志
那青紫色的大地。

这时，“完全宁静。金红”。金色的是开放着的“淡黄色的太阳和月亮”。还有“红色”呢？它是天空的蓝色从大地而来借以对大地而言成为青紫色的那种“红色”吗？这时，这种青紫色或许是在光照领域里对眼睛的蓝色学校的回声。

若没有雷雨云层的威胁性骚动，就没有纯粹的白昼。神的存在并没有在一种幽暗中掩蔽自己。比这种幽暗还更有掩蔽作用的，乃是最明亮的光亮。在这种光亮的明朗中，神在上方沉思着无限关系的命运，因为它“仇恨”“不及时的生长”。（斯图加特版，第二卷，第 215 页，第 94 行以下）希腊人早就知道，光亮比幽暗更有掩蔽作用。

但在这里，如何能把无限关系的这样一种完全宁静叫作渺小之物呢？“渺小的”是表示“轻易的”的加强词语，“轻易的”意味着

轻柔的、柔软的、柔顺的，即与巨大不同的微小。[①] 而“微小的”原
174 本意味着“精美的”和宝贵的，恰如“珍宝”一词所表示的意思。[②]
于是，荷尔德林就没有把诸神与人类所欢庆的大地和天空的婚礼，理解为轻蔑之物意义上的渺小之物。因为在贫瘠地方盛开的东西却要“伟大地”矗立。渺小之物首先在伟大开端的到来中才成为渺小之物，成为宝贵的东西，最终有价值的东西。但这个伟大开端是以圆舞方式到来的。

我们不可把草稿中所说的“渺小之物”设想为轻蔑，同样地，我们也必须使“圆舞”这个词获得那种丰富性，使之能够指示与关于伟大开端的说法相同的东西。这种圆舞就是希腊文讲的 χορός，即欢庆地歌唱着、庆祝神的舞蹈：Χοροῖς τιμαν Διόνυσον［酒神祭舞］（欧里庇德斯：《巴克斯》，第 220 行）。因此，荷尔德林在颂歌《诗人之勇气》的一个异文中（斯图加特版，第二卷，第 532 页，第 33 行），谈到过“酒神女祭司的圆舞”。但这样一种圆舞之所以响应于神，只是因为天神本身在合唱中合在一起，构成“一个神圣的数字”。（《和平庆典》，第 105 行以下）圆舞乃是在天空的欢乐之火中诸神本身陶醉的并存。唯由此而来，云层，神的存在更为明朗的、可靠的音调，才可能是歌之云层。颂歌《泰坦》唱道（海林格拉特版，第四卷第二版，第 209 页，第 47 行以下；斯图加特版，第二卷，第 850 页，第 22 行以下）：

---

① 德语中形容词“渺小的”（gering）与“轻柔的”（ring）词根一致。——译注

② 在德语中，“珠宝、珍宝”（das Kleinod）一词包含着“微小的”（klein）一词，故海德格尔在此引申说，“微小的”有“精美的”（fein）和“宝贵的”（kostbar）之意。——译注

但如果已经点燃了
那忙碌的白昼
和纯粹的光
而天神陶醉于
那种真实：每一物
都如其所是地存在。

只有作为天神的圆舞，即那些出于其火焰**向着**大地和尘世而在歌中舞蹈的天神的圆舞，这种圆舞才可能是伟大的，才可能作为一伟大的圆舞而成为伟大命运的涌现着的开端。我们无法透彻地领会诗人怀着质朴的胆怯说出来的“圆舞”一词的丰富性。因为这个词命名的就是丰富性本身，亦即那个想到来的东西的丰富性本身。在颂歌《泰坦》中，诗人说(第 20 行以下)：

因为云层久已
自上而下地作用 175
神圣荒原为众生备好生长的根基。
火热的是丰富性。因为缺少
那拯救精神的歌唱。
精神会被消耗殆尽
而且针对自身，
因为天空之火
绝不能容忍监禁。

这里的“丰富性”一词意思如何？大约在上引致波林多夫的信那个时期所作的一首诗道出了此点。这首诗写在狄奥蒂玛 1800 年 3 月 5 日的一封来信的背面：

什么是人的生命　　就是神性的一幅图像。
正如天空下，尘世的芸芸众生在漫步，
它们也看到了天空。但仿佛在阅读中，
以某种文字，模仿无限性
和人类的丰富性。单纯的天空
竟是丰富的吗？其实银色的云层
就像花朵一般。从那里却落下雨露。
而当那单纯的蔚蓝已熄灭，闪现出
一种与大理石媲美的暗色，犹如青铜，
那丰富性的显示。

（斯图加特版，第二卷，第 209 页）

通过歌唱被召唤入那种向大地的自由境界，这种火作为伟大的开端就必定达到渺小之物。“现在就来吧，火！”《伊斯特河》之歌如是开头。但到来者并不是自为的神。到来者乃是那整个无限的关系，而大地和天空，与神和人一道归属于这种关系。伟大开端的到来首先把渺小之物带入其渺小中。渺小之物——以其变化了的方式——本身就是无限的关系，并且属于在诗人的本土原野中那个贫瘠的、隐秘的地方。

渺小之物乃是傍晚之国。[1] 而希腊这个早晨之国则是可能正在到来的伟大开端。可是，渺小之物仅仅由于它**成为**伟大开端所能达到的那个东西才**存在**。伟大开端还能到来吗？ 176

傍晚之国还存在吗？它已经变成欧洲了。欧洲的技术-工业的统治区域已经覆盖整个地球。而地球又已然作为行星而被算入星际的宇宙空间之中，这个宇宙空间被订造为人类有规划的行动空间。诗歌的大地和天空已经消失了。谁人胆敢说何去何从呢？大地和天空、人和神的无限关系似乎被摧毁了。或者，它**作为**这种无限的关系还从未纯粹地得到安排，还从未根据对有所调校的命运的聚集而在我们的历史中显现出来过，还从没有成为当前，还绝没有作为整体而被创建出来，进入艺术的至高者之中？要是这样的话，它也就不可能被摧毁，在最极端的情形中，它也只可能被伪装起来，并且在其显现中被隐瞒起来。要是这样的话，事情就同时也取决于我们对这种无限关系的隐瞒过程的沉思。沉思一件事情，这意味着：让这件事情自行道说，在对这件事情有所道说的地方倾听这件事情，对我们当代人来说，也就是要在荷尔德林的诗歌中来倾听这件事情。

第一次世界大战后不久（1919 年），保罗·瓦雷里发表了一封书信，题为《精神危机》。他在其中提出两个问题：

> 这个欧洲，它将成为**它实际上所是的东西**（*enréalité*），亦

① 这里的“傍晚之国”（das Abendländische）或可译为“西方”，参看本书第 188 页译注①。——译注

> 即亚洲大陆的一个小小岬角么？抑或，这个欧洲倒是将保持**为它所显现出来的那个样子**（*cequ'elle parait*），也就是整个地球的宝贵部分，即这个球体的珍珠，一个广大物体的脑部么？

也许欧洲已经成为它所是的东西了：一个单纯的岬角，但作为这个岬角，它同时又是整个地球的脑部，这个脑部谋求进行技术和
177 工业的、行星和星际的计算。由于情形如此，而且由于以这种方式存在的东西不能持存下来，所以，我们也许就可以接着保罗·瓦雷里的两个问题，提出第三个问题。这第三个问题并没有超出欧洲之外，而是回到欧洲之开端来进行追问。这个问题可以这样来提：作为这一岬角和脑部，欧洲必然首先成为一个傍晚的疆土，[1]而由这个傍晚而来，世界命运的另一个早晨准备着它的升起？这个问题听来狂妄而任意。但它自有其依据：一方面在某个本质事实中，另一方面在某种本质猜测中。

这个事实包含着一点：当前的行星和星际的世界状况在其不会失落的本质开端中完完全全是欧洲-西方-希腊的。而这种猜测则想到一点：自行转变的东西只能够根据其开端的储备下来的伟大性做到这种转变。因此，当前的世界状况只能从其开端那里接受一种本质性的转变，或者哪怕是这种转变的准备，而开端命运般地规定着我们的时代。这就是伟大的开端。然而，并不存在任何一种向这个开端的返回。作为迎候着我们的东西，当前只有在它

① “一个傍晚的疆土”（Land eines Abends）是“西方”（Abendland）一词的分解。——译注

向渺小之物的到达中才成为伟大的开端。但这个渺小之物也不再能在它西方式的个别化过程中保持不变。它向其他少数几个伟大开端开启出自身，而其他少数几个伟大开端以其本己之物归属于那种无限关系之开端的同一者，大地就被扣留于其中。

可是，也许我们这个时代的人类甚至不在那种需要的渺小和微薄之中，而无限关系之四方正是根据这种需要而相互召唤。我们几乎不在贫乏之物中。贫乏之物的贫困在于：终有一死者没有洞察到这种贫困，没有注意到，我们在可能到来者面前后退得愈远，对我们而言它就成为愈加能到来的东西。但我们能够往何处后退呢？后退到有所期望的克制之中。这种克制本身同时也是有所预思的猜测。这样一种克制由于试图经验当前*存在*之物而先行 178
于到来者。

如果我们回到《希腊》一诗的草稿来倾听，我们就可以明见：作为一个统一整体的无限关系的显现依然隐瞒着。因此，我们几乎不能根据其统一性来倾听“命运的声音”。

向我们隐瞒自身的东西，由此恰恰以一种独特的方式与我们相关涉。这种关涉在今天普遍地以一种依然鲜有思索的促逼触及人。[①] 也就是说，这片大地上的人类受到了现代技术之本质连同这种技术本身的无条件的统治地位的促逼，去把世界整体当作一个单调的、由一个终极的世界公式来保障的、因而可计算的贮存物(Bestand)来加以订造。向着这样一种订造的促逼把一切都指定

① 此处译为“促逼”的 Herausforderung 的日常含义为“挑战、挑衅”。海德格尔以“促逼”表示现代技术对人类的支配性要求，即把人类“逼”入一种对“世界整体”的“订造”和“制造”中。——译注

入一种独一无二的拉扯之中。这种拉扯的谋制(Machenschaft)把那种无限关系的构造夷为平地。那四种“命运的声音”的交响不再鸣响。进入到对一切存在者和可能存在者的计算性订造的促逼，把那种无限关系**伪装**起来。[①] 更有甚者，在现代技术之本质的统治地位中起支配作用的促逼，先于一切地把那个东西保持在不可经验中，而促逼的支配性暴力就是从这个东西中获得其天命的。这个东西是什么呢?

它就是整个无限关系的中心。它是纯粹的命运本身。这个阴沉之物围绕地球运行，于是，现在命运**直接**切中这个时代的人类，而不只是通过它的声音的鸣响。命运无声地关涉到人类——那是一种神秘的寂静方式。人类也许还将长时间地听不到这种寂静。因此，人类就还根本不可能响应那隐瞒的命运。而毋宁说，人类逃避这种命运，通过那种愈来愈绝望的尝试，即那种想以其终有一死的意志去控制技术的尝试。

179 一旦我们始终去沉思这一点，就会产生一种猜度，即：在那种促逼的暴力中，亦即在现代技术无条件的本质统治地位中，可能有一种嵌合的指定者(das Verfügende einer Fuge)起着支配作用，而从这种嵌合而来，并且通过这种嵌合，整个无限关系就适合于它的四重之物。这种适合(Fügung)的无声的声音，是我们最难以听到的。因为为此我们就必须作好准备，首先去重新学会倾听一种更

① 这里的“伪装”(verstellen)和“订造”(bestellen)都以“摆置”(stellen)为词根，与此相关的还有“表象”(vorstellen)和“制造”(herstellen)等词语，表示现代技术对世界整体的各种“摆置”活动。海德格尔在此意义上把现代技术的本质规定为“集置”(Gestell)。——译注

为古老的道说，[①]在这种道说中，希腊的伟大命运一度鸣响过。我们必须先于每一种日常经验来说一说赫拉克利特在残篇第五十四中所道出的东西，并且把后者纳入每一种日常经验之中：

Ἁρμονίη ἀφανὴς φανερῆς κρείσσων.[②]
拒不显现出来的嵌合乃是更高的运作
比显露出来的嵌合更高[③]。

只消我们思索了这一切，我们或许就能先于荷尔德林的诗歌，亦即先于那个渺小之物——他就在其中某个位置上寓居，来思考一种渺小的适合之物（ein Gering-Fügiges）。重新调校于这个想法，我们或许就能变得更能倾听那首以《希腊》为标题的歌，后者召唤着那个在其向渺小之物的可能到达中的伟大开端。

这就是大地和天空的婚礼，在那里，人与“无论何种精灵”，亦即某个神，更共同地让美在大地上居住。美乃是整个无限关系连同中心的无蔽状态的纯粹闪现。但这个中心却作为起中介作用的

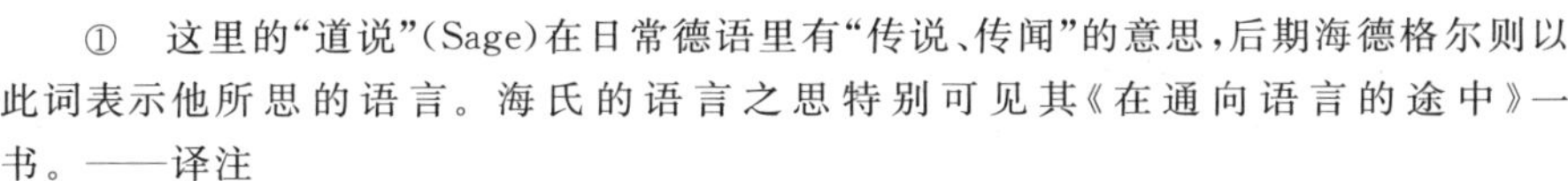

① 这里的“道说”（Sage）在日常德语里有“传说、传闻”的意思，后期海德格尔则以此词表示他所思的语言。海氏的语言之思特别可见其《在通向语言的途中》一书。——译注

② 赫拉克利特这个残篇通译为：“看不见的和谐比看得见的和谐更强大”。参看第尔斯：《前苏格拉底残篇》，第一卷，德文版，第162页。海德格尔则对之做了不同的译解。——译注

③ 《荷尔德林年鉴》（1958—1960年）选印本：前苏格拉底思想家赫拉克利特的这句话含有一个决定性的暗示，指示我们必须如何去经验一切希腊的本质、自然、人、人之作品以及神性；一切可见的来自不可见的——一切可说的来自不可说的——一切闪现来自自行遮蔽。对希腊的本质来说，自行遮蔽者比无蔽者更为切近；后者乞灵于前者。——作者边注

嵌合者和指定者而存在。它是把其显现储备起来的四方关系的嵌合。

自从伟大的开端涌现出来——涌现就是 φύσις,即“自然”——
180 整个关系就已经准备到来了。美已经被召唤入作品之中了,以便把一切都释放到不可损害的本己之中,并且把一切都庇护起来。《希腊》一诗的草稿第 32—45 行唱道:

……因为久已开放着
犹如要学习的图画,或者线条和角规
自然
和黄色的太阳和月亮,
但那时候
大地的古老形态就要结束,
因为它已在历史中生成,
勇敢地搏斗着,犹如大地之神
通向高空。但它限制着
未经测量的步伐,却犹如金黄的花朵
心灵的力量把心灵的亲缘关系联合,
美更喜欢
在大地上居住,而且无论何种精灵
都更共同地与人结伴。

这种对完成之宁静的追忆,就是那个“属于神圣形象”的观念。荷尔德林想与作诗的朋友们“塑造”这“神圣形象”。但荷尔德林也

知道渺小之物与伟大之物的关系如何(《帕特莫斯》一诗的一个后期文稿残篇,斯图加特版,第二卷,第 181 页,第 146—147 行):

但难的是
在伟大之物中保持伟大之物。

其实,为荷尔德林诗意地经验了的渺小之物,也许已经被规定为伟大之物了,在其中,伟大开端的可能到来依然得到了守护,直到那最后的瞬间,即向着"眼睛的蓝色学校"有所召唤的观望的最后瞬间。

在他去世那年,荷尔德林道出了一首深入到无限关系的隐瞒领域之中的诗歌。这首诗歌是那些诗歌中的一首,它们单调的、几乎强制性的语调会扰乱某些耳朵。在 1915 年所作的演说《荷尔德林的精神错乱》中,诺伯特·封·海林格拉特中谈到了这些诗歌,说它们"仅仅是那些重新得到安宁的心灵的悦耳音调依然奇妙的继续演奏"。现在所说的这首诗歌在人类与自然的关联中来命名 181
人类,而对于自然,我们必须在荷尔德林意义上把它思为那种东西,它**超越**诸神和人类,但人类偶尔却能够容忍它的支配作用。

这首诗歌道出"古老的道说",即伟大开端的自行显示。[①] 伟大开端存在着。它的当前"广大地处处"围绕一个位置而在场;而且这一位置"带有灵性",亦即带有神性,本身居于神圣者之中的神性。所有神圣的位置都被聚集起来了。这首诗在末尾几行中信赖

① "古老的道说"(die alte Sage)或可译为"古老的传说"。但此处"道说"(Sage)有"显示"(Zeigen)之意。——译注

“人性”。按照当时的语言用法,“人性”一词并不是指一切人类的全体,而是表示人类之本质,犹如自由是自由之物的本质。这个人类之本质被用于“活生生的关系和命运”中,亦即被用于“生命”。

这首诗冠有《希腊》这个标题,还有“斯卡大纳里”这样一个签名;这是一个外国名字,仿佛诗人也必须把自己以及他最本己的东西发送到一个异己之物中,也即带到和安排到一个异己之物中去。指明的日期是“五月的一天”,以及荷尔德林尚未经历的一个年份(斯图加特版,第二卷,第 306 页):

希　腊

犹如人类存在,生命也同样壮丽,
人类往往为自然所控制,
这个壮丽的国度并没有遮蔽于人类
傍晚和早晨带着魅力显现出来。
空旷的田野在收获的日子里
广大地处处有古老的道说,带着灵性,
而新的生命重新来自人性
于是年岁以一种寂静没落。

恭顺的臣民
斯卡大纳里[①]
1748 年 5 月 24 日

① 此处签名“斯卡大纳里”(Scaedanelli)是荷尔德林杜撰的外国人名,后面的日期 1748 年 5 月 24 日也是杜撰的——荷尔德林死于 1843 年。——译注

诗　　歌 182

1968 年 8 月 25 日在阿姆利斯维尔城庆祝弗里德里希·G. 荣格尔[1]七十寿辰纪念会上的演讲稿，经作者审订而成。

做关于诗歌的谈论，这意味着：从上面，因而就是从外部，对什么是诗歌作出判断。[2]

我们凭何种权力，根据何种知识，能够做这件事呢？两者皆缺失。因此，要做关于诗歌的谈论，怕是僭妄要求。但此外又能如何呢？

倒不如，我们就从诗歌而来让我们自己去道说：诗歌的特性何在，这种特性有何根据。

为了充分地领悟诗歌，我们就必须与之亲熟。可是，真正与诗歌和作诗活动相亲熟的，唯有诗人。与诗歌相合的从诗歌而来的

---

① 弗里德里希·格奥尔格·荣格尔(Friedrich G. Junger，1898—1977)，德国哲学家、作家，著名作家恩斯特·荣格尔(Ernst Jünger)之弟，著有《技术的完善》(1946)、《机器与财产》(1949)、《希腊神话》(1957)等。——译注

② “关于诗歌的谈论”(über das Gedicht sprechen)可以直译为“谈论诗歌”，但海德格尔在这里显然强调了其中的介词“关于、对于”(über)的意义，在他看来，这个介词标志着一种对象性的思维和表达方式。——译注

道说方式，只可能是诗人的道说。在诗人的道说中，诗人既不做关于诗歌的谈论，也不做从诗歌而来的谈论。[1] 诗人是诗意地表达诗歌的特性。不过，只有当诗人根据其诗歌的使命来诗意地表达，并且他诗意地表达的只是这种使命本身时，他才切中了诗歌的特性。

那是一位罕见的诗人，甚至可以说，是一位神秘的诗人。的确有这么一位诗人。他就是荷尔德林。

可是，看起来，荷尔德林对于我们始终还不是那么切近，他的话还不曾为我们所领会，还不曾击中我们，我们还不是被击中者——依然如此。

在荷尔德林的诗中，我们诗意地经验到诗歌。“诗歌”——这个词眼下透露出它的歧义性。“诗歌”可以意指：一般而言的诗歌，适合于世界文学中全部诗歌的诗歌概念。但是，“诗歌”也可以意味着：那种别具一格的诗歌，其标志是，只有它才命运性地与我们
183 相关涉，因为它诗意地表达出我们本身，诗意地表达出我们处身于其中的命运——无论我们是否知晓这种命运，无论我们是否作好了准备去顺应这种命运。

荷尔德林诗意地表达了诗人及其使命，从而诗意地表达了诗歌的特性，诗歌的本己要素。我们从诸如《诗人之天职》、《诗人之勇气》等诗歌的标题中，以及在这些具有多种文本的诗歌本身中，即可见出这一点。

---

① “从诗歌而来的谈论”(von dem Gedicht sprechen)按日常德语的用法也可译为“谈论诗歌”，但海德格尔在此强调介词“从、由”(von)的“从属”意味，以区别于介词“关于、对于”(über)。——译注

同时，荷尔德林的诗意运思也以论文和提纲形式来讨论诗，诸如《论诗歌精神的运作方式》、《论诗歌种类之差异》、《论诗歌的部分》（斯图加特版，第四卷，第 241 页以下）；更深广地，荷尔德林还根据对其译文《索福克勒斯之悲剧》的诗意洞察，在《关于俄狄浦斯的评注》和《关于安提戈涅的评注》中讨论了诗（斯图加特版，第五卷，第 193 页以下，第 263 页以下）。

不过，这些《论……》和《关于……的评论》，是以对他自己的诗歌及其使命的不断自我检验的诗意经验为依据的。

由于其不堪一击的、往往完全自我畏缩的本性，荷尔德林十分清楚地知道他自己的诗歌的特有品质；他的哀歌《面包和美酒》第三节道出了这一点，这首哀歌是他题献给诗友海因茨的，而且是对后者的应答（斯图加特版，第二卷，第 91 页，第 41 行以下）：

……那么来吧！让我们放眼那敞开之境，
让我们去寻找本己之物，不论它多么迢遥。

……所有的人都注定有自己的命运，
每个人走向和到达他能到达的地方。

这位诗人并没有为自己虚构出他的诗歌的本己之物。他的本己之物是注定了的。他顺应他的使命，服从他的天职。在同一首歌的一个异文中，荷尔德林道出了他的使命和天职。

在荷尔德林的诗作及其留传下来的手稿中，各个异文有着某种特殊的情况。一些在完成了的诗歌中未被采纳的诗句和短语，184

有时包含着对自己的诗歌特性的突兀而深刻的洞察。《面包和美酒》第45—46句的异文是(斯图加特版,第二卷,第597页):

> 在这个时代之前！神圣歌者的天职就是
> 效劳,先于伟大的命运而把它转变。

“在这个时代之前!”负有使命的诗人们究竟先于哪个时代道说他们的话呢?何种命运是伟大的命运呢?在《回忆》这首歌中,荷尔德林就诗人过早地言及的这个时代说(斯图加特版,第二卷,第193页,第16—17行):

> 久长矣/这个时代。

我们要问:究竟有多久长?它是如此久长,以至于它也超出了我们这个当前的、失去诸神的时期。与这个久长的时代相应,诗人们过早的话语也必然是久长的——是远远地期待着的。它必须召唤“伟大的命运”。它必须诗意地表达当前诸神的到达。

莫非“当前”存在的东西一定还在到达么?可在这里,“到达”并不意味着:已经到达了,而是指先前的到达事件。如此到达者显示在一种特有的接近中。在这种到来中,他们以自己的方式当前地趋近诗人:到达者是当前的诸神。如此这般到达的当前者,当然并不是古代希腊隐遁了的诸神的回归,尽管对荷尔德林来说,它们作为隐遁了的诸神以它们自己的方式保持为当前的,并且与这位诗人相关涉。颂歌《日耳曼尼亚》第二节的开头说(斯图加特版,第

二卷,第 149 页):

> 隐遁了的诸神呵! 即使是你们,你们当前的诸神,
> 当时更为真实,你们也有过你们的时代!

当时更为真实的当前者并没有消失,它们并没有烟消云散,而只是离开了。

因此,当前诸神的到达绝不意味着古老诸神的归来。关于荷 185
尔德林诗意地经验的到达,哀歌《面包和美酒》的另一个异文(斯图加特版,第二卷,第 603 页,第 19 行以下)说得更清楚:

> 关于这种到达的词语久长又艰难
> 而瞬息是白色的(即明亮的)。但天国的臣民
> 通晓大地,他们的步伐对着人类的深渊。

如果我们能够很好地解说这段诗,那它就会提供一种助力,让我们经验到那首注定要荷尔德林来创作的诗歌的固有特性。但这段诗对我们现在大胆进行的沉思造成了太大的困难,因此我们要选择诗人的另一个诗句。

这另一个诗句结构十分紧密,直接与我们对荷尔德林诗歌的追问相合。我们下面探讨的这位诗人的诗句同样是一个异文,是他的伟大歌唱《阿尔希佩拉古斯》的一个异文,而且是一个后期异文(斯图加特版,第二卷,第 111 页,第 261—268 行)。

该异文共有七行诗。这七行诗由弗里德里希·巴斯纳首次发

表于1951年，收入斯图加特版《荷尔德林全集》第二卷下半部分（第646页）。原文如下：

> 但因为它们是那么切近，当前的诸神
> 所以我必须存在，倘若它们已远去，在幽暗云雾中
> 它们的名称就必须为我存在，只是在晨光闪现之前，
> 在生命于正午灼灼生辉之前
> 我悄悄地为我自己把它们命名，于是诗人拥有他的
> 财产，但如果天国之光芒蓦然落下
> 我愿意想念那过去的光芒，并且说——盛开于此。

一旦荷尔德林拥有“他的财产”，他就急切地置身于他注定的使命之中，他就是他的诗歌的诗人。我们要追问的就是他的诗歌的特性。而当我们参与讨论下面的问题时，他的诗歌的特性就能得到经验：

186 对诗人来说，什么是“他的财产”呢？诗人注定有何种本己特性呢？这种注定迫使他何往？这种注定又从何而来呢？它以何种方式迫使？

> 但因为它们是那么切近，当前的诸神
> 所以我必须存在，倘若它们已远去，在幽暗云雾中
> 它们的名称就必须为我存在……

我们两次听到“必须”一词。一个是在第二行诗的开头，另一

个是在第三行诗的开头。[①] 前一个“必须”涉及诗人与当前诸神的在场状态的关系。后一个“必须”涉及诗人借以命名当前诸神的名称的特性。由于前一个“必须”与后一个“必须”是共属一体的，并且关涉到同一件事情，即荷尔德林感到不得不做的作诗活动，因此，一旦变得比较清楚之后我们就可明了，诗人必须适应何种作诗方式。

但首先我们还要问：这种迫使从何而来？

为什么有这个双重的指令？

这七行诗的第一句给出了一个概括下面各行的回答：

“因为它们是那么切近，当前的诸神”

奇怪——人们会认为，如果当前的诸神与诗人是那么切近，那么对诸神名称的命名就可以由自己来完成，而无需任何特殊的给诗人的指示了。可是，“那么切近”却并不意味着“足够切近”，而是意味着“太切近”。颂歌《帕特莫斯》开头说：

“神近在咫尺又难以把握”。这个“又”的意思是：并且因此。神太过切近，以至于它不能轻易地把握。在字面上，与“切近”相同的一个词是“确切”。[②] 古时候的“确切”意味着：走近。在同一首颂歌《帕特莫斯》中，我们读到以下难以解说的诗句（斯图加特版，

---

① 两个“必须”（muβ）在原诗中均为句子的第一个词，但在中译文中却出现在句子中间了。——译注

② 此处为两个德文形容词：“切近”（nahe）和“确切”（genau）。——译注

第二卷，第 167 页，第 78 行以下）：

> 雷霆的承受者热爱年轻人的单纯
> 警惕的男人确切地看到了
> 神的面容，

187 在朝向诗人的方向上正在到达、当前正在走向诗人的诸神，是太切近、走得太近了。显然，这种到达持续长久的时代，因此比完成了的在场状态更为咄咄逼人，所以也更难于道说。因为即便是这种在场状态，也不是人们能够径直感知到的，由这种在场状态所给予的财富，也不是人们能够直接接受到的。因此之故，《面包和美酒》一诗第五节的结尾处说（斯图加特版，第二卷，第 92—93 页，第 87 行以下）：

> 人就是这样；面对财富，面对神的恩赐关怀，
> 他却麻木不仁，视而不见。
> 它不得不先行承受；而现在他命名他最热爱的，
> 现在，现在他的话语必定像花朵一样绽放。

直到话语被发现并且绽放出来之前，需要解决某个困难。这个困难把诗人的道说带入困境之中。困境咄咄逼人。它来自“神的领域”。神性之物的要素乃是神圣者。因此之故，荷尔德林在《在多瑙河之源》这首歌中说（斯图加特版，第二卷，第 128 页，第 89 行以下）：

我们把你命名，受神圣迫使
重新把你命名为自然！就像婴孩出自沐浴
从你那里升起一切神性造物。

“受神圣迫使”——在荷尔德林的全部诗作中，这个词唯在这个地方出现了一次。[①] 它说的是那个在荷尔德林诗作中处处未曾明言地起着支配作用的要求，他的作诗活动就服从于这个要求。这个词向我们指示出那个“必须”，后者迫使诗人“拥有他的财产”。

诗人感到自己被逼向哪里呢？

但因为它们是那么切近，当前的诸神
所以我必须存在，倘若它们已远去，在幽暗云雾中
它们的名称就必须为我存在，只是……
……
我悄悄地为我自己把它们命名……

诗人“受神圣迫使”，被逼入一种道说之中，而这种道说“只是”一种悄悄的命名。

这种命名借以说话的名称必须是幽暗的。

诗人由以命名诸神的那个位置必须是这样的，即：要命名的东
西在诸神之到达的当前中疏远于这个位置，并因而才保持为到来 188
者。为了使这种疏远本身开放出来，诗人必须从诸神的咄咄逼人

① 此处“受神圣迫使”在荷尔德林原诗中为一个词：heiliggenöthiget。——译注

的切近那里撤退，并且“只是悄悄地命名”它们。

这样一种命名是何种命名呢？究竟何谓“命名”？这种“命名”就是给某物配备一个名称么？一个名称是怎么获得的呢？

名称表示，某物如何被称呼，某物通常如何被命名。命名依赖于一个命称。而名称又来自命名。以这样一种解释，我们是在兜圈子。

动词“命名”（nennen）派生自名词“名称”（Name），即拉丁文的 nomen，希腊文的 ὄνομα。其中包含着词根“gno”、γνῶσις，即认识。名称是让人认识的。谁有一个名称，他就可以广为人知。命名是一种道说，亦即一种显示，它把那个可以在其在场状态中如其所是地得到经验和保持的东西开启出来。命名有所揭露、有所解蔽。命名乃是让……得到经验的显示。可是，如果这种显示必须远离于要命名的东西而发生，那么，这样一种对遥远之物的道说，作为进入遥远的道说，就变成为召唤。而如果要召唤的东西太切近了，那么，为了使被召唤者始终进入遥远而得以持存，要召唤的东西作为它的名称所命名的东西，就必须是“幽暗的”。名称必须有掩蔽作用。作为解蔽着的召唤，命名同时也是一种遮蔽。

我们刚才听到过的“自然”一词，乃是荷尔德林诗中真正幽暗的、既掩蔽着又揭蔽着的名称。如果命名甚至是“受神圣迫使”的，那么，命名借以召唤的那些名称就必须是神圣的名称。

哀歌《返乡》是荷尔德林从瑞士返乡后不久创作的；诗人作为家庭教师在离我们这里不远的豪普特维逗留了短短几个月。在这首哀歌的末段有这样一个诗句（斯图加特版，第二卷，第 99 页，第 101 行）：

我们不得不常常沉默；神圣的名字付诸阙如，

沉默——这仅仅意味着无所道说、喑哑无言吗？或者，唯有话可说者才能够真正地沉默？在后一种情形下，谁能够做到在其道 189
说中并且恰恰唯一地通过这种道说，让未曾道说的东西显现出来，而且让它作为这样一种未曾道说的东西显现出来，则他就在最大程度上沉默了。

荷尔德林承认：

……，只是在晨光闪现之前，
在生命于正午灼灼生辉之前，
我悄悄地为我自己把它们命名……

诗人单单为他自己保持要命名的东西，并且对别人丝毫不予透露——这是什么意思呢？倘若这样做，那他就背弃了自己的诗人天职。

诗人"悄悄地"为自己命名"当前的诸神"。"悄悄地"意味着：镇静下来，达到了安宁，即达到那种安宁，在其中对命定的适应由于响应并且满足于神圣的迫使而达乎安宁。在荷尔德林的《和平庆典》一歌中屡屡讲到"悄悄地"一词。

这种悄悄的命名发生"在晨光闪现之前，/在生命于正午灼灼生辉之前"。

"在……之前"是一个时间规定，而且是对那种唯通过诸神的到达和切近，通过诸神的逃逸和隐匿而到时的时间所做的时间规定。

在真正的到达始于诸神日子的早晨并且终结于正午之前，当天国之火燃烧之际，受神圣迫使的命名必须发生。在这个时候出现了“神被包裹在钢铁中”。荷尔德林在颂歌《莱茵河》的末段中如是说。(斯图加特版，第二卷，第 148 页，第 210 行以下)在一首后期诗歌的草稿中(斯图加特版，第二卷，第 249 页，第 6—7 行)，荷尔德林说到“温暖生命炉灶的火热钢铁”。(钢铁迸发出火花并因此与火联系起来)。“神被包裹在钢铁中”意味着：神被包裹入天国
190 之火中，或者被包裹入云雾中。令人目眩的天国之火并不比云雾的幽暗更少掩蔽作用。

“在……之前”的时间规定意指诗人们随其有所命名的道说而先行被抛向的那个“在这个时代之前！”“只是……/我悄悄地为我自己把它们命名”——要不是在同一行诗中紧接着有以下词语，这个“我自己”就只能与荷尔德林这个个体的自我联系起来：

于是诗人拥有他的/财产。

当前的诸神，远远地临近的诸神，作为在召唤中要命名的诸神，命定被赐予“我自己”，即诗人。诸神太过切近的在场状态迫使诗人，把他有所命名的道说置回到上面已经提到过的那个与诸神的遥远位置上。

在那里有什么等待着他呢？荷尔德林在他最后的、作于 1800 年的伟大颂歌《回忆》的开头(斯图加特版，第二卷，第 197 页，第 5 行以下)说：

……而且有许多
要保持，就像
肩负失败的重荷。

正在临近的神的遥远把诗人们指引到他们此在的那个地带的方向上，在那里，诗人们的此在失却了基地，即承荷的基础。这种基础的不在场状态，荷尔德林称之为“深渊”。在上面所引的哀歌《面包和美酒》——此哀歌开头唱道：“关于这种到达的词语久长又艰难”——的一个异文中，荷尔德林说到“天国的臣民”，也即诗人们：

他们的步伐对着人类的深渊。

这里“对着”的意思是：朝着深渊方向。

坚持去道说关于到达的词语，这乃是诗人命中注定的事情：“于是诗人拥有他的/财产”。这里的重音不仅仅放在“他的”一词上，而同时并且更多地是放在“财产”上，后面这个词十分显眼地处于下一个诗行的开头。要紧的是完成对自己所有的东西的真正拥 191
有。要紧的是“保持重荷”。要紧的是忍受住对当前诸神之到达的有所命名的道说的困境。要紧的是“悄悄地”承受这种道说。

然则“他的东西”又并非作为一种自己赚来的所有物而为诗人所有。所谓“他的东西”毋宁说在于：诗人归属于他为之所用的那个东西。因为诗人的道说被用于：在显示着，既掩蔽又揭示着之际，让诸神之到达显现出来，而诸神之所以需要诗人的话语，是为了它们的显现，是因为它们在显现中才成为它们本身。

在颂歌《莱茵河》第八节中（斯图加特版，第二卷，第145页，第109行以下），荷尔德林写道：

……因为
极乐者对自己都麻木不仁，
于是我们不妨说，
必有另一位
为诸神所需要，
分享诸神的名义来感受；

而且在一年之前（约1800年）所作的《阿尔希佩拉古斯》这首歌中，荷尔德林说（斯图加特版，第二卷，第104页，第60—61行）：

的确，为了荣誉，这些神圣的元素又永远需要
富有感情的人的心灵，犹如英雄需要桂冠。

在这里，我们应当在品达的、希腊的意义上，把荣誉和赞美思考为“让显现”。先行于富有感情的人的心灵而感受的，乃是诗人。诗人就是这个“另一位”，是为诸神所需要的。

凭着这一怯生生地冒险说出的关于诸神的需要和相应的诗人之被需要状态的话，荷尔德林触着了他的诗人世界的基本经验。合乎实情地去思考这种经验，追问它运作于其中的那个领域，这乃是今天的思想还未能胜任的事情。

诗歌，荷尔德林的诗歌，它把作诗活动——作为受神圣迫使的、为天神所需要的对当前诸神的命名——聚集入为命运所安排的道说之中；这种道说自从荷尔德林把它说出后，一直在我们的语言中说话，不论它是否得到倾听。 192

诗人的一首以《激励》为题的颂歌是1801年初完成的，它以“天国的回响！”这样一个呼声开头。而这一回响就是荷尔德林的诗歌。

但因为它们是那么切近，当前的诸神
所以我必须存在，倘若它们已远去，在幽暗云雾中
它们的名称就必须为我存在，只是在晨光闪现之前，
在生命于正午灼灼生辉之前
我悄悄地为我自己把它们命名，于是诗人拥有他的
财产，但如果天国之光芒蓦然落下
我愿意想念那过去的光芒，并且说——盛开于此！

193 # 附录　重复演说时的开场白[①]

（1943 年 6 月 21 日在大学礼堂所作）

一场“追忆诗人”的庆祝会，即使我们能够做，我们也绝不可重复。相反地，我们必须始终全新地练习对诗人的想念，以我们唯一能开始这种想念的方式来练习。这乃是对诗意创作物的想念的尝试。这样一种追忆起于一种思与诗的对话，而这种对话本身以及它由以说话的那个东西，首先并没有得到表达。

诗意创作物保存于诗歌中。为了练习“对诗人的追忆”，我们来倾听哀歌《返乡》。诗人的已经进入其诗人世界中的全部诗歌，乃是返乡的诗歌。如果我们要给这些诗歌以“哀歌”、“颂歌”之类的传统名称，那么，就只有当我们了解到在这里吟唱着那些悲哀之歌的悲哀的本质时，而且只有当我们知道在这些诗歌中受到召唤的神圣者的本质时，我们才可以这样做。《返乡》这首歌既吟唱一方也吟唱另一方，既吟唱悲哀也吟唱神圣者，也吟唱两者的交互关联。《返乡》一诗寻思那个把诗人召唤入其诗人世界之中的东西（“神圣者”），并且寻思诗人必须对有待诗意创作的东西进行道说的方式（“忧心”）。因此之故，而且仅仅因此之故，下面的演说让我

---

① 作者 1943 年 6 月 21 日在弗莱堡大学重复《返乡——致亲人》演说时的开场白。——译注

们留心去听这首诗，这首荷尔德林的最后哀歌。这首诗的最内在的东西隐藏在第42行诗句中，这个诗句命名乡亲们，

那神圣的谢恩微笑着把流亡者带到你们面前，

对于这个诗句，下面的演说只字未谈。

但荷尔德林的这些诗歌究竟是什么，我们迄今仍全然无知，尽 194
管我们知道“哀歌”和“颂歌”之类名称。这些诗歌就像一个失去神庙的圣龛，里面保藏着诗意创作物。在“无诗意的语言”（第四卷，第257页）的喧嚷声中，这些诗就像一口钟，悬于旷野之中，已然为一场轻飘的降雪所覆盖而走了调。也许正因此，荷尔德林在后期诗作中曾道出一句诗，这句诗听来就像散文，但其诗意却绝无仅有（《哥伦布》草稿，第四卷，第395页）：

这并非稀罕之事
犹如那晚餐时分
鸣响的钟
为落雪覆盖而走了调。

也许任何对这些诗歌的阐释都脱不了是一场钟上的降雪。无论是能作一种阐释还是不能作这种阐释，对这种阐释来说始终有这样的情形：为了让在诗歌中纯粹的诗意创作物稍为明晰地透露出来，阐释性的谈论势必总是支离破碎的。为诗意创作物的缘故，对诗歌的阐释必然力求使自身成为多余的。任何解释最后的、但

也是最艰难的一步乃在于：随着对它的阐释而在诗歌的纯粹显露面前销声匿迹。这首置身于本己法则中的诗歌自身就直接把一道光线带入其他诗歌中。因此，在反复诵读中，我们以为我们大约总是已经如此这般领悟了诗歌。我们最好就这样认为罢。

荷尔德林诗歌朗诵唱片前言 195

我们是否有朝一日还能认识它？

我们来说，荷尔德林的诗乃是一种天命。这种天命期待着终有一死的人去响应它。

荷尔德林的诗道说什么呢？他的诗的词语是：神圣者。这个词语道说诸神的逃遁。它道出，隐遁了的诸神保护着我们。直到我们打算并且能够在诸神之切近处居住。切近（Nähe）之位置乃是家乡的特性。因此，我们始终还必须去准备进入这种切近的逗留。于是，我们来实行一条道路上的第一步，这条道路把我们引向一个地方，在那里，我们得体地响应荷尔德林的诗所是的天命。但由此我们才进入到“诸神之神”（der Götter Gott）也许会在其中显现的那个地方的郊区。因为，任何一种人类的计算和制作都不能凭自身并且仅仅通过自身带来当前世界状况的一个转折；之所以不能，是因为人类的制作活动已经为这种世界状况所烙印并且沉溺于这种世界状况中了。这时候，人类的制作活动如何还能成为这种世界状况的主人呢？

对我们来说，荷尔德林的诗乃是一种天命。这种天命期待着终有一死的人去响应它。这种响应导向一条道路，即进入那隐遁了的诸神的切近处的道路：进入那种保护着我们的诸神之逃遁的空间中。

但我们应当如何认识和保持这一切呢？通过我们对荷尔德林的诗的倾听。

不过，我们在此只能朗读少数几首诗。所谓少数几首，就是限于一种挑选。而这种挑选始终还带有任意的假象。如若我们通过一种较为经常的倾听，更乐意追随从荷尔德林诗中获得的几个主导诗句，则这种任意的假象即可减缓。

196 第一个主导诗句是：

万物亲密地存在

（《形态与精神》草稿，斯图加特版，

《全集》第二卷，第一册，第 321 页）

这个诗句是想说：一方归本于另一方，但这样归本时，它同时自身保持在其本己之中，甚至首先进入其本己之中——诸神与人类，大地与天空，即处于这种情形中。亲密性（Innigkeit）的意思绝不是一种对各种区别的融合和熄灭。亲密性指的是异己之物的共属一体、奇异化之运作、畏惧之要求。

第二个主导诗句是一个问句：

我如何表达谢恩？

（《返乡》，最后一节）

谢恩乃是畏缩地尊重着、谐调着的追忆，对被维护的东西的追忆，哪怕它只是一个标志，标志着那种切近，那种与保护我们的诸神之逃遁的切近。

第三个主导诗句说：

> **要在深刻地考验之际去把握**
>
> （《和平庆典》，第五节）

考验必须**透彻**。必须使固执之心屈服，使之消隐。沉思和运思的责任只有一个，即先于作诗进行思考，以便进而能在作诗面前后退。……

通过反反复复的倾听，我们将变得更有倾听能力，但也会更加留意那种方式，即：诗人之道说可能如何被言说出来。因为比诗歌的挑选还更为困难的，乃是对音调的把握。它可能在通过技术记录下来的言说的那一个瞬间获得成功，同样也可能轻易地失败。

诗人本人知道——否则就没有人会知道——道说的真正音调 197
容易被错失。在后期诗句中，荷尔德林说：

> 这并非稀罕之事
> 犹如那晚餐时
> 鸣响的钟
> 为落雪覆盖而走了调。

在这些诗行中，通过少量日常事物，非同寻常的东西，即伟大之物，得到了命名：

晚餐乃是自行转变的时间的傍晚。

落雪乃是冬天：

> 我心伤悲呵，若到冬天，
> 我去哪里采摘鲜花，
> 哪里有阳光，
> 哪里有大地的阴影？
>
> （《生命之半》）

而钟的奏响就是诗人的歌唱。它召唤入时间的转变之中。

工作场所一瞥 199

下面是马丁·海德格尔所做的旁注的真迹复制本，采自海德格尔所用的斯图加特版《荷尔德林全集》第二卷。这些旁注是海德格尔在起草演讲报告《荷尔德林的大地和天空》时做的。[①]

① 以下为海德格尔在荷尔德林《希腊》一诗草稿（第二、三稿）德文本上做的旁注（研读笔记），我们无法译为中文，而且也以保持原状为好，故把“真迹复制本”复制于此。这是海德格尔的“阐释”的“工作场所”，从中或可看出海氏思考之深入和艰苦。——译注

HYMNISCHE ENTWÜRFE

GRIECHENLAND

Zweite Fassung

O ihr Stimmen des Geschiks, ihr Wege des Wanderers
Denn an dem Himmel
Tönt wie der Amsel Gesang
Der Wolken sichere Stimmung gut
Gestimmt vom Daseyn Gottes, dem Gewitter.
Und Rufe, wie hinausschauen, zur
Unsterblichkeit und Helden;
Viel sind Erinnerungen.
Und wo die Erde, von Verwüstungen her, Versuchungen der Heiligen
Großen Gesezen nachgeht, die Einigkeit
Und Zärtlichkeit und den ganzen Himmel nachher
Erscheinend singen
Gesangeswolken. Denn immer lebt
Die Natur. Wo aber allzusehr sich
Das Ungebundene zum Tode sehnet
Himmlisches einschläft, und die Treue Gottes,
Das Verständige fehlt.
Aber wie der Reigen
Zur Hochzeit,
Zu Geringem auch kann kommen
Großer Anfang.
Alltag aber wunderbar
Gott an hat ein Gewand.
Und Erkentnissen verberget sich sein Angesicht
Und deket die Lüfte mit Kunst.
Und Luft und Zeit dekt
Den Schröklichen, wenn zu sehr ihn
Eins liebet mit Gebeten oder
Die Seele.

256

HYMNISCHE ENTWÜRFE

GRIECHENLAND

Dritte Fassung

O ihr Stimmen des Geschiks, ihr Wege des Wanderers
Denn an der Schule Blau,
Fernher, am Tosen des Himmels
Tönt wie der Amsel Gesang
Der Wolken heitere Stimmung gut
Gestimmt vom Daseyn Gottes, dem Gewitter.
Und Rufe, wie hinausschauen, zur
Unsterblichkeit und Helden;
Viel sind Erinnerungen. Wo darauf
Tönend, wie des Kalbs Haut
Die Erde, von Verwüstungen her, Versuchungen der Heiligen
Denn anfangs bildet das Werk sich
Großen Gesezen nachgehet, die Wissenschaft
Und Zärtlichkeit und den Himmel breit lauter Hülle nachher
Erscheinend singen Gesangeswolken.
Denn fest ist der Erde
Nabel. Gefangen nemlich in Ufern von Gras sind
Die Flammen und die allgemeinen
Elemente. Lauter Besinnung aber oben lebt der Aether. Aber silbern
An reinen Tagen
Ist das Licht. Als Zeichen der Liebe
Veilchenblau die Erde.
Zu Geringem auch kann kommen
Großer Anfang.
Alltag aber wunderbar zu lieb den Menschen
Gott an hat ein Gewand.
Und Erkentnissen verberget sich sein Angesicht
Und deket die Lüfte mit Kunst.

257

II, 17

HYMNISCHE ENTWÜRFE

Und Luft und Zeit dekt
Den Schröklichen, daß zu sehr nicht eins
Ihn liebet mit Gebeten oder
Die Seele. Denn lange schon steht offen
Wie Blätter, zu lernen, oder Linien und Winkel
Die Natur
Und gelber die Sonnen und die Monde,
Zu Zeiten aber
Wenn ausgehn will die alte Bildung
Der Erde, bei Geschichten nemlich
Gewordnen, muthig fechtenden, wie auf Höhen führet
Die Erde Gott. Ungemessene Schritte
Begränzt er aber, aber wie Blüthen golden thun
Der Seele Kräfte dann der Seele Verwandtschaften sich zusammen,
Daß lieber auf Erden
Die Schönheit wohnt und irgend ein Geist
Gemeinschaftlicher sich zu Menschen gesellet.

Süß ists, dann unter hohen Schatten von Bäumen
Und Hügeln zu wohnen, sonnig, wo der Weg ist
Gepflastert zur Kirche. Reisenden aber, wem,
Aus Lebensliebe, messend immerhin,
Die Füße gehorchen, blühn
Schöner die Wege, wo das Land

258

说　　明 203

一、《返乡——致亲人》

1943 年 6 月 6 日，为纪念诗人逝世一百周年，在弗莱堡大学礼堂所作的演说，1943 年 6 月 21 日在同一地方重做。1944 年，此文与 1936 年在罗马所做的演说《荷尔德林和诗的本质》一道，以《荷尔德林诗的阐释》为书名出版（克劳斯特曼出版社，美茵法兰克福）。对《阐释》第一版的公开传播和讨论受到了禁止。因为它们主这些情形下对最广大的圈子来说差不多还是不可得到的，故这个纪念演说——与在罗马所做演讲不同，它没有在其他任何地方发表过——1948 年在《三艺》上（第六年度，第一期）重新付印。

二、荷尔德林和诗的本质

1936 年 4 月 2 日在罗马做的演说，发表于《内在王国》杂志 1936 年 12 月号上。单行本出版于 1937 年（第一版和第二版），阿尔伯特・朗根/格奥尔格・米勒出版社，慕尼黑。

三、《如当节日的时候……》

1939 年和 1940 年多次做的演说，1941 年在哈勒河畔的尼迈耶出版社出版。

四、《追忆》

这篇论文作为荷尔德林逝世一百周年的《图宾根纪念文集》中的文章而发表(P. 克卢克霍恩编辑),J. C. B. 摩尔出版社,图宾根 1943 年。

五、荷尔德林的大地和天空

1959 年 6 月 6 日在慕尼黑库维利斯首府剧院举办的荷尔德林协会上作的演讲报告,发表于 1958 年至 1960 年的荷尔德林年鉴上。

204 六、诗歌

1968 年 8 月 25 日在阿姆利斯维尔为弗里德里希·格奥尔格·荣格尔七十寿辰作的演讲报告,后经审订而成此文稿。

七、重复演说时的开场白

1943 年 6 月 21 日在弗莱堡大学礼堂重做《返乡——致亲人》这个演说时的开场白。最初发表于《荷尔德林诗的阐释》,美茵法兰克福 1944 年出版,第 31—32 页。

八、荷尔德林诗歌朗诵唱片前言

在《马丁·海德格尔朗诵荷尔德林》朗诵唱片上所讲。冈特·纳斯克出版社,弗林根 1963 年出版。

本书前四篇阐释文章引用了诺伯特·封·海林格拉特编的《荷尔德林全集》"历史考证版"第二版，1923年；后两篇阐释文章引用弗里德里希·巴斯纳编的《荷尔德林全集》斯图加特版。

205

编 者 后 记

一

这里出版的是由马丁·海德格尔本人最后定稿的《全集》第四卷，其中包括1971年扩充第四版、现在第五版的《荷尔德林诗的阐释》单行本的文本。

在本书附录部分收录了两篇短文。第一个开场白是海德格尔1943年6月21日在弗莱堡大学礼堂重做《返乡——致亲人》这一演说时所作，在1944年《荷尔德林诗的阐释》第一版中公之于世。海德格尔后来把这个开场白的一个段落补入《荷尔德林诗的阐释》第二版(1951年)前言中。——荷尔德林诗歌朗诵会前言系海德格尔为《马丁·海德格尔朗诵荷尔德林》这一朗诵唱片所撰，为了付印，海氏仅在文体上作过些微改进。在唱片上被称为开场白的导引性文章后，海德格尔朗诵了以下诗歌：《激励》《漫游》《返乡》《和平庆典》《伊斯特河》《什么是神？》《什么是人类生活？》《但在茅屋中居住》《犹如海滨》《故乡》。

此外，本书附录还收录了颂歌《希腊》的草稿第二稿和第三稿的照相复制件，采自海德格尔所藏的《荷尔德林全集》"斯图加特大开本版"第二卷。在起草《荷尔德林的大地和天空》这个演讲报告期间，海德格尔用铅笔记下了许多旁注，这些旁注可以让我们看见他的“阐释”的工作场所。

海德格尔关于自己的《荷尔德林诗的阐释》所作的六个重要边
注[①]（录自他所藏的样书），现刊于脚注中，这些脚注用小写字母以 206
区别于海德格尔的正文注释。这些边注主要摘自《荷尔德林诗的阐释》第二版（1951 年）；其次是演说《荷尔德林的颂歌“如当节日的时候……”》第一版（马克斯·尼迈耶出版社，哈勒 1941 年）；最后是荷尔德林年鉴（1958—1960 年）的选印本。

边上注明的页码相关于《荷尔德林诗的阐释》单行本第二版（1951 年）和第三版（1963 年）。除了有少量几行的细微偏差，眼前这个版本的页码与单行本第四版（1971 年）和第五版（1981 年）的页码是一致的。[②]

二

1953 年 2 月 21 日，德特勒夫·吕德尔斯——当时在阿道尔夫·贝克那里攻读文学博士学位，现在则是美茵法兰克福自由德国主教教堂议事会的会长——写了一封信给马丁·海德格尔，请求他说明一下《荷尔德林诗的阐释》中的一个句子，也就是《荷尔德林的颂歌“如当节日的时候……”》这个演说中的一个句子。这个句子如下：“我们在此作为基础的文本，按原稿重又做了校检，乃是

① 在中译本中以“作者边注”标出。——译注

② 为排印方便，中译本未标明原作页码。——译注

依据下面这样一种解释的努力”。（见《荷尔德林诗的阐释》，《海德格尔全集》，第四卷，第51页）

关于这个句子，德特勒夫·吕德尔斯指出：“我搞不懂，一个文本如何能以对它的解释为依据；在我看来，一个文本是某种在字面上固定不变的东西。您这个句子包含着一个矛盾：一方面这个文本是‘作为基础的东西’，而另一方面它又依据于某种东西，后者因此就变成更为原始地奠定基础的东西；结果，由此出发来看，这个文本就不再能叫作作为基础的东西。但您却这样来称呼它”。

1953年2月24日，马丁·海德格尔给吕德尔斯复了信。德特勒夫·吕德尔斯把这个答复发表在他的一篇文章《马丁·海德格尔关于他的荷尔德林阐释所写的一封信》中，载于吕德尔斯编的
207 自由德国主教教堂议事会的年鉴上（尼迈耶出版社，图宾根1977年版，第247—250页）。海德格尔这封信原文如下：

尊敬的吕德尔斯先生！

您是对的。所引的句子（《荷尔德林诗的阐释》，第50页）在眼下的文稿中是不能成立的。如若还有一次新版的机会，我将删去这个句子。

如果您把这个句子翻转过来，那它就是：“下面的解释尝试依据于按照手稿重新校检过的文本”。

以此形式来讲，这个句子是正确的，以至于可以说，它变成一种粗糙的陈词滥调，因此变成多余的了。

“一个文本是什么？”“人们应如何阅读文本？”以及“它何时能作为文本完全得到掌握？”——这些问题当然依然存在。

这些问题如此本质性地与语言之本质问题以及语言传统之本质的问题联系在一起，以至于我始终局限于最贫乏的东西，如果要对解释、阐释之类有所说明的话。

现在，通过巴斯纳的编纂工作，《荷尔德林全集》第二卷第二册第695页以下已经表明，我的《阐释》第56页上的引文“我们把你命名……”是不完整的。[①] 但是，我的解释因此就是不真实的么？甚或巴斯纳对这个段落的解说就是正确的么？有一种自在的文本么？……

[……]

致以美好的问候，并祝工作顺利！

马丁·海德格尔

德特勒夫·吕德尔斯在其文章中正确地指出，《荷尔德林诗的阐释》一书1963年有了第三版，1971年有了第四版，而在这两个新版本中，上述成问题的句子毫无变化地保留下来了，这是有违于海德格尔的删除意图的。

马丁·海德格尔把德特勒夫·吕德尔斯的这封信夹入《荷尔德林诗的阐释》第二版的样书中了，但没有海德格尔本人的亲笔记
录。在这本样书中，对这个成问题的句子，海德格尔只是在旁边用 208
红笔勾出。在他的演说《荷尔德林的颂歌“如当节日的时候……”》第一版（1941年）的样书中，海德格尔用铅笔把这个成问题的句子的最后一个词“解释”放在引号中了，并且在这个词下面划了一道

① 参看《荷尔德林诗的阐释》全集版，第58页，中译本，第47页。——译注

淡淡的线，以示强调；在右边，海氏用铅笔记下（并作了重点记号）：注释。除了这些标记外，无论在样书中还是在其他遗稿中，我们都没有发现任何提示，我们无法得知：是否马丁·海德格尔坚持其删除此句的意图，但在后来的两个版本中却忘了贯彻这个意图，或者，是否海氏对此有了另外的考虑，违背了他信中的预告，有意地保留了这个成问题的句子，并且也许想通过一个注释——正如在其样书中的边注可以让我们猜测的那样——来解释这个句子，又由于我们不得而知的原因而没有这样做。

我要向瓦尔特·封·肯普斯基先生表示衷心的感谢，他为我解决了一项困难的任务，完好地复制了海德格尔用铅笔做的旁注的细微笔迹。我还要感谢哲学博士候选人汉斯—海尔姆特·冈德尔先生的帮助，他为本书做了细心的校对工作。

F.-W.v.海尔曼

1981年3月于弗莱堡

汉德对照荷尔德林作品目录

（限于本书中出现的作品，按汉语拼音排列）

阿尔希佩拉古斯	Archipelagus
成熟了……	Reif sind...
但在茅屋中居住	Aber in Hütten wohnet
德国之歌	Deutsche Gesang
德国人之歌	Gesang des Deutschen
恩披多克勒	Empedokles
返乡——致亲人	Heimkunft/ An die Verwandten
梵蒂冈	Der Vatikan
哥伦布	Kolomb
故乡	Heimath
关于俄狄浦斯的评注	Anmerkungen zum Odipus
关于安提戈涅的评注	Anmerkungen zur Antigona
和平庆典	Friedensfeier
回忆	Mnemosyne
激励	Ermunterung
酒店服务员	Ganymed
莱茵河	Der Rhein
流泪	Thränen
漫游	Die Wanderung
盲目的歌者	Der blinder Sänger
面包和美酒	Brot und Wein
民族之音	Stimme des Volks

帕特莫斯	Patmos
日耳曼尼亚	Germanien
如当节日的时候……	Wie wenn am Ferertage...
论诗歌精神的运作方式	Über die Verfahrensweise des poetischen Leben
论诗歌种类之差异	Über den Unterschied der Dichtarten
论诗歌的部分	Über die Parthien des Gedichts
山雕	Der Adler
生命之半	Hälfte des Lebens
什么是神?	Was ist Gott?
什么是人类生活?	Was ist der Menschen Leben?
诗人之天职	Dichterberuf
诗人之勇气	Dichtermuth
索福克勒斯	Sophokles
索福克勒斯之悲剧	Trauerspiele des Sophokles
泰坦	Die Titanen
唯一者	Der Einzige
希腊	Griechenland
乡间行	Der Gang aufs Land
消逝中的变易	Das Werden im Vergehen
形态与精神	Gestalt ung Geist
许佩里翁	Hyperion
伊斯特河	Der Ister
犹如海滨	Wie Meeresküsten
在多瑙河之源	Am Quell der Donau
在可爱的蓝色中闪烁着	In lieblicher Bläue blühet...
哲学残篇	Philosophische Fragmenten
至高之物	Das Höchste
追忆	Andenken

人名对照表

Beck，Adolf	阿道尔夫·贝克
Beissner，Fr.	弗里德里希·巴斯纳
Bethina，Arnim	贝蒂娜·封·阿尔尼姆
Böhlendorf	波林多夫
Dante	但丁
Diotima	狄奥蒂玛
Euripides	欧里庇德斯
Gander，Hans-Helmuth	汉斯-海尔姆特·冈德尔
Goethe	歌德
Hegel	黑格尔
Heidegger，M.	马丁·海德格尔
Heinze	海因茨
Hellingrath，N. v.	诺伯特·封·海林格拉特
Heraklit	赫拉克利特
Herrmann，F. -W. v.	海尔曼
Hölderlin	荷尔德林
Homer	荷马
Jünger，Fr. G.	荣格尔
Kant	康德
Kempski，W. v.	瓦尔特·封·肯普斯基
Lüders，Detlev	德特勒夫·吕德尔斯
Oehlke，W.	厄尔克
Ovid	奥维德

Pinda	品达
Rilke	里尔克
Schelling	谢林
Schröder	施罗德
Shakespeare	莎士比亚
Sophokles	索福克勒斯
Valery,Paul	保罗·瓦雷里
Vergil	维吉尔

译 后 记

德国思想家马丁·海德格尔(Martin Heidegger,1898—1976)对诗人荷尔德林诗歌的阐释,在很大程度上推动了20世纪的“荷尔德林热”,也使得“海德格尔与荷尔德林”成为当代哲学和诗学的一个重要论题。

弗里德里希·荷尔德林(Fr. Hölderlin,1770—1843)是德国浪漫主义时代的诗人,一生悒郁而孤独,1802年始犯癫疾,之后约四十年间在精神分裂中苟延生命。这位诗人生前和死后长期未受世人关注,直到20世纪初才重放光彩。诗人的遗稿也由诺伯特·封·海林格拉特于20世纪初整理出版。

海德格尔自称从大学时代起就倾心于荷尔德林,但把荷氏诗歌立为思想课题予以重点研讨,还是三十年代以后的事情。仅在1934年至1944年十年间,除了撰写若干有关荷尔德林诗歌的论文外,海德格尔还开设了多个学期的讲座,专题讲授荷氏以下诗作:《日耳曼尼亚》《莱茵河》《追忆》《伊斯特河》等(这些讲课稿均已收入海氏《全集》出版)。在同期以及此后的著作中,海氏对荷氏之诗亦多有标举。

海德格尔认为自己的思想与荷尔德林的诗歌处于一种“非此不可的关系”中,并且说荷尔德林是一位“指向未来、期待上帝”的诗人,因而不能仅仅被处理为文学史研究的一个对象。海德格尔明言，他对荷尔德林诗的探讨，并不是做文学史的考证工作，也不是做荷氏诗歌的“入门”或“导读”之类，而是出于“思想的必然性”。

但我们仍有一问：为什么海德格尔之“思”特别要与荷尔德林之“诗”作一番“对话”，而不是与但丁、莎士比亚、歌德等大诗人“对话”呢？对此，海德格尔也自有说法：诗人须思入由“存在之澄明”规定的处所，而荷尔德林的“诗”就亲密地居于这一处所中；这就是说，荷尔德林的诗歌诗意地思了存在之真理（澄明），这是同时代的其他诗人都无法与之比肩的。进一步，海氏还认为，荷尔德林的诗蕴涵着诗的规定性而特别地诗化了诗的本质，诗意地道出了诗人的使命，在这个意义上，荷尔德林就是别具一格的“诗人之诗人”。

海德格尔是在“存在历史”的意义上理解荷尔德林诗歌的。海氏认为，早期希腊之诗和思属于“存在历史”的第一开端；之后为哲学或形而上学的时代；而在哲学趋于终结的现时代，正在萌发一种非形而上学或后形而上学的文化，即“存在历史”的另一开端。诗人荷尔德林已经先行一步，以先知般的歌声道出时代的贫困和不妙，唱出诗人的天命和诗的本质，追思远逝诸神的踪迹，从而启发了“存在历史”的另一开端。

从“存在历史”上看，我们既不能把荷尔德林当作浪漫美学意义上的诗人，也不能把他视为基督教神学意义上的神学家。实际上，无论荷尔德林还是海德格尔，都不能简单地被归入传统哲学、美学或神学的范畴内。荷尔德林歌唱的“神圣者”并非基督教的“神性”，同样地，海德格尔的“存在”之思亦以超越存在学传统为指归。正是在此意义上，我们认为荷尔德林之诗和海德格尔之思是“互释”的。联系到海氏的存在历史观，我们甚至可以说，早期希腊之诗和思、荷尔德林之诗、海德格尔之思，这三者是“互释”的。

本书初版于 1944 年，后多次重版，至 1971 年出扩充第四版，补收了正文中的第五篇和第六篇文章。本书现被辑为《海德格尔全集》第四卷，由德国弗莱堡大学弗里德里希-威廉姆·封·海尔曼(Friedrich-Wilhelm von Herrmann)教授编辑，维多里奥·克劳斯特曼出版社(美茵法兰克福)1981 年出版。全集版又增加了“附录”部分。中译文据此全集版翻译。

中译本中的注释分为原注、作者边注和译注。所谓“作者边注”是海德格尔在他所藏样书上做的若干批注，由本书全集版编者整理，增补于脚注中(参看“编者后记”)。书后的“汉德对照荷尔德林作品目录”和“人名对照表”是译者制作的，收录了本书中出现的荷氏作品和人名。

著名现象学哲学家、德国伍珀塔大学教授克劳斯·海尔德博士(Klaus Held)帮助译者克服了本书译文中出现的几个疑难问题，在此特表谢忱。

海德格尔之“思”奇谲晦涩，荷尔德林之“诗”亦艰难费解，本书的翻译工作因此有了双重的困难。译者虽已尽心尽力，在几年内对译文做了反反复复的推敲，但仍不敢有十分的自信，盼望哲学界和文学界的专家不吝赐教。

孙周兴

1996 年 12 月 10 日记，1999 年 4 月 12 日再记

西子湖畔求是村寓所

图书在版编目(CIP)数据

荷尔德林诗的阐释/(德)海德格尔著;孙周兴译.—北京:商务印书馆,2024
(汉译世界学术名著丛书:120年纪念版:珍藏本:增订本)
ISBN 978-7-100-23657-7

Ⅰ.①荷… Ⅱ.①海…②孙… Ⅲ.①诗歌研究—德国—近代 Ⅳ.①I516.072

中国国家版本馆CIP数据核字(2024)第076193号

汉译世界学术名著丛书
(120年纪念版·珍藏本·增订本)
荷尔德林诗的阐释
〔德〕海德格尔 著
孙周兴 译

商务印书馆出版
(北京王府井大街36号 邮政编码100710)
商务印书馆发行
北京通州皇家印刷厂印刷
ISBN 978-7-100-23657-7

2024年5月第1版 开本710×1000 1/16
2024年5月北京第1次印刷 印张17
定价:92.00元